克勒门文丛　编委会
主　　编　陈钢
副 主 编　稽东明　阎　华　林明杰
编　　委　秦　怡　白　桦　谢春彦　梁波罗
　　　　　刘广宁　童自荣　陈逸鸣　陈　村
　　　　　王小鹰　曹　雷　淳　子　郑辛遥

梁波罗 著

藝·述

生活·讀書·新知 三联书店

Copyright © 2018 by SDX Joint Publishing Company
All Rights Reserved.
本作品版权由生活·读书·新知三联书店所有。
未经许可,不得翻印。

**图书在版编目(CIP)数据**

艺·述/梁波罗著.—北京:生活·读书·新知三联书店,2018.8
(克勒门文丛)
ISBN 978-7-108-06374-8

Ⅰ.①艺…　Ⅱ.①梁…　Ⅲ.①散文集-中国-当代
Ⅳ.①I267

中国版本图书馆 CIP 数据核字(2018)第 165098 号

责任编辑　徐旻玥
封面设计　黄　越
责任印制　黄雪明
出版发行　生活·讀書·新知 三联书店
　　　　　(北京市东城区美术馆东街 22 号)
邮　　编　100010
印　　刷　常熟文化印刷有限公司
排　　版　南京前锦排版服务有限公司
版　　次　2018 年 8 月第 1 版
　　　　　2018 年 8 月第 1 次印刷
开　　本　720 毫米×965 毫米　1/16　印张 13.75
字　　数　178 千字
定　　价　49.00 元

▲ 以上一系列照片是林秉亮先生专为《艺·述》拍摄的一组近照，全自然光源，无照明、无反光伞、无P图，纯天然呈现。（摄于2018年5月15日贵都国际大酒店27楼，画中人时年八十）

▲ 2017年6月,与秦怡、王丹凤、陈鲁豫在一起

▲ 2018年5月，在央视四套录制歌曲《年轻的心》

▲ 2018年5月,央视四套"向经典致敬"栏目庆贺上影演员剧团成立六十五周年

▲ 手印——投身电影事业的印记

▲ 老同学杨在葆来团按手印,佟瑞欣、何政军、王诗槐和我前来祝贺

▲ 走红毯

▲ 在盛典上我喜获特别荣誉奖

▲ 2017年，在青岛参加第十六届中国电影表演艺术学会颁奖盛典

▲ 参加盛典前,"梁祝"难得留个影——梁天、梁波罗和祝希娟

▲ 2018年6月,在第二十一届上海国际电影节上影之夜主题活动中引吭高歌

# 序　留住上海的万种风情

陈　钢

　　当我们走进上海的大门——外滩时，首先听到的是黄浦江上的汽笛长鸣和海关大本钟扬起的钟声。那是上海的声音、历史的声音和世界的声音。接着，我们可以看到那一道由万国博览建筑群组成的刚健雄伟、雍容华贵的天际线，它展示了作为现代国际大都会大上海的光辉形象。当我们转身西行，乘着叮当作响的电车驶进梧桐夹道的霞飞路时，又会在不知不觉里被空气中弥漫的法国情调所悄然迷醉，也会自然而然地想起张爱玲所说的"比我较有诗意的人在枕上听松涛、听海啸，我是非得听见电车响才睡得着觉的……"。除了这张爱玲所特别钟爱的上海"市声"外，我们还能在电影、舞厅和咖啡馆里找到世界的脉搏和时代的节奏，找到上海的声音。丹尼尔·贝尔认为："一个城市不仅是一块地方，而是一种心理状态，一种独特生活方式的象征。"上海是中国一块得天独厚的风水宝地，它不仅使古老的中国奇迹般地出现了时尚繁华的"东方华尔街"和情调浓郁的"东方巴黎"，而且催生了中国的城市文化——海派文化，催生了中国的第一部电影、第一个交响乐团、第一所音乐学院和诸多的"第一"……

"克勒"曾经是上海的一个符号,或许它是 class(阶层)、color(色彩)、classic(经典)和 club(会所)的"混搭",但在加上一个"老"字后,却又似乎多了层特殊的"身份认证"。因为,一提到"老克勒",人们就会想到当年的那些崇尚高雅、多元的审美情趣和精致、时尚生活方式的"上海绅士"们。而今,"老克勒"们虽已渐渐离去,但"克勒精神"却以各种新的方式传承开发,结出新果。为此,梳理其文脉,追寻其神韵,同时将"老克勒"所代表的都会文化接力棒传承给"大克勒"和"小克勒"们,理应成为我们这些"海上赤子"的文化指向和历史天职。于是,"克勒门"应运而生了!

"克勒门"是一扇文化之门、梦幻之门和上海之门。推开这扇门,我们就能见到一座座有着丰富宝藏的文化金山。"克勒门"是一所文人雅集的沙龙,而沙龙也正是一台台城市文化的发动机。我们开动了这台发动机,就可能多开掘和发现一些海上宝藏和文化新苗,使不同的文化在这里可以自由地陈述、交流、碰撞和汇聚。

"克勒门"里美梦多。我们曾以"梦"为题,一连推出了十二个梦。"华梦""诗梦""云梦""戏梦"……从"老克勒的前世今生"到"上海名媛与旗袍",从"海派京剧"到"好莱坞电影",从"小口琴"讲到"大王开"……在"寻梦"中,我们请来作家白先勇畅谈他的"上海梦",并通过"尹雪艳总是不老"来阐明"上海永远不老"的主旨。当然,上海的"不老"是要通过文化的传承和发展来实现的。于是,我们紧接着又将目光指向年轻人,指向未来,举行了"青梦"。由三位上海出身的、享有国际声誉的"小克勒"回顾他们在青春路上的种种机遇、奋进和梦幻。梦是现实的奇异幻镜,可它又会化为朵朵彩云,洒下阵阵细雨,永远流落在人世间。

"克勒门"里才俊多。这里有作家、诗人、画家、音乐家、演员、记者和来自四面八方的朋友们。他们不仅在这里回顾过往,将记忆视为一种责任,更是以百年上海的辉煌作为基点,来远望现代化中国的灿烂未来!有人说,"克勒门"里的"同门人"都很"纯粹",而纯粹(pure)和单纯(simple)还不完全一样。单纯是一种客观的状态,而纯粹,是知晓世事复杂之后依然坚守自己的主观选择。因为"纯粹",我们无所羁绊;因为"纯粹",我们才能感动更多"同门人"。

"克勒门"里故事多。还记得当"百乐门"的最后一位女爵士乐手、八十八岁的俞敏昭颤颤巍巍地被扶上舞台,在钢琴上弹起《玫瑰玫瑰我爱你》时顿时青春焕发的动人情景吗?还记得"老鸿翔"小开金先生在台上亲自示范、为爱妻测量旗袍的三十六个点的温馨场面吗?当见到白先勇在"克勒门"舞台上巧遇年少时的"南模"同窗,惊讶地张大眼睛的神情和"孙悟空之父"严定宪当场手画孙悟空,以及"芭蕾女神"谭元元在"克勒门之家"里闻乐起舞,从室内跳到天台的精彩画面时,你一定会觉得胜似堕入梦中。当听到周庄的民间艺人由衷地用分节长歌来歌颂画家陈逸飞,九旬老人饶平如初学钢琴、在琴上奏出亡妻最爱的《魂断蓝桥》,特别是当配音艺术家曹雷在朗诵她写给英格丽·褒曼,也是写给自己的那首用心写的短诗时,你一定会有一种别一样的感动!还有,作家程乃珊的丈夫严尔纯在笑谈邬达克精心设计的绿房子时所流溢的得意之心,和秦怡老师在"王开照相馆"会场意外发现亲人金焰和好友刘琼照片时所面露的惊喜之情,都会给我们带来一片片难忘的历史的斑痕和一阵阵永不散落的芳香……

记忆是一种责任。今天,当我们回望百年上海时,都会为这座曾经辉煌的文化大都会感到自豪,但也会情不自禁地为那一朵朵昔日盛开的文化奇葩的日渐萎谢而扼腕叹惜。作家龙应台说,文化是应该能逗留的。为了留下这些美丽的"梦之花",为了将这些上海的文化珍宝串联成珠、在人世间光彩永放,"克勒门"与上海"老牌"出版社生活·读书·新知三联书店共同筹划出版了这套"克勒门文丛",将克勒门所呈现的梦,一个一个地记录下来。这里,我们所推出的这本书是梁波罗的近著散文集《艺·述》。

上海是中国电影的发源地，那些可敬、可爱的"电影人"曾经用镜头记录了上海的百年风云，同时也在银幕上留下了自己的风云人生。他们所塑造的各个时代的各种角色，已经根植人心，成为都市文化的代码和人世百态的实录。同时，这些塑造角色的人，也已经连同他们所塑造的角色，成为人们心中之偶像，而这些偶像则一直在人们心中驻留，与他们相伴一生。梁波罗，就是其中之一。

"今年八十，明年十八"用在"不老的小老大"梁波罗身上最为"合身"，那倒不仅是指他容貌之青春，而更是指他状态之"克勒"。这位一身正气的谦谦君子和从容大度的上海绅士，虽然目不斜视，却仍环顾四周；虽然不动声色，却已成竹在胸。每次见他，都会感到温顺可亲，如沐春风；每次见他，我也都会情不自禁地道一声"梁兄……"

"梁兄"是一种示好，也是一种爱称，当然，对我而言，又别有另一番意义。作为小提琴协奏曲《梁祝》的作者之一，我见梁波罗时呼之"梁兄"就如同我见龙应台时称之"英台"一样亲切、自然。因为此时的"梁"与"祝"已经成为一种符号、一种友情和默契的化身。波罗为人真诚，细心万分。我们常在饭局中相遇。他总是习惯性地为朋友搛菜倒茶，有一次还郑重其事地从包中拿出一件绣有蝴蝶的衬衣赠我，说是我穿比他更为合适……

"梁兄"，当然也只是一个朋友间的亲切称谓，而梁波罗的"艺术代号"当然是"小老大"，就如他自己所说："如果说'小老大'是个孩子，那么由呱呱坠地算起，至今也有半个多世纪了，我也由'小老大'成了'老老大'。那么多年来，人们都爱用剧中人的称谓来称呼我，好像彼此相识相知似的。可见，一部优秀影片，一个英雄人物，在观众心中的印象往往能超越时空，它所产生的精神力量是难以估量的。"是的，因为观众不愿"小老大"变成"老老大"，所以又为他加冕了一个称号——"不老的小老大"！

"小老大"之所以不老，是因为他在艺术创作中始终青春焕发，创意盎然。早在学生时代,他就有"金童+才子"的称号。为了演好《钦差大臣》中爱偷窥情书的邮政局长,他特地在演出前创作排练了小品《一朵枯萎的小花》来"打底"。为此,他还"私拟"了好几封情书,来揭示"市长女儿""伯爵夫人"等不同角色的芳心。看!"……外面下着倾盆大雨,震耳的春雷在轰鸣,春姑娘就要来了,可是我要走了,我只过了十八个春天呀!蜡烛燃尽了,似乎在催促我赶快了却残生。永别了,安东尼奥,我最亲爱的朋友!不要为我悲伤,珍惜自己的前途。我能留给你的,只有一朵枯萎的小花……"这哪像一个十九岁的青涩和稚嫩的二年级大学生的作业?

"小老大"之所以不老,是因为他老是在琢磨人物,转换角色,老是在寻找自己"最准确感觉"。在他"上戏"毕业后跨进"上影"的第二年,天上突然掉下一个"馅饼"——让他在《51号兵站》中饰演男一号梁洪。梁波罗与梁洪虽然都姓梁,但却是两个全然不同的人。梁波罗是个化了装后还像"剥光鸡蛋"的英俊小生,而他所饰演的梁洪却是个集战士、特工和帮会分子三重身份于一身的地下工作者。而且,在这出"和尚戏"中,除了他是初出茅庐的新生代外,与他唱对手戏的几乎全是影坛高手。戏要开拍了,当波罗穿上长衫戴上礼帽在试衣镜前一瞧时,不免自己吓了一跳:"啊!这哪里是梁洪?分明是《家》里被迫拜堂的新郎官觉新呀!"怎么办?快学快补,快让梁波罗变成梁洪!表演大师赵丹送了他八个字——"静若处子,动若脱兔"。"老江湖"李纬则不厌其烦地教授他穿长衫的要领:如何含胸甩臂,撩袍挽袖,而他自己也在暗中编了个穿长衫的口诀:"胸微欠,手横甩,行八字,忌挺直。"就这样,从学穿长衫开始,梁波罗变成了梁洪。

"小老大"之所以不老,是因为他做人真心,演戏用心。在拍摄《小城春秋》中"吴坚咬何剑平"的镜头时,饰演剑平的张志强为了获得真实的自我感觉,含泪要求饰演吴坚的梁波罗真的咬他,以使戏更显逼真。当时,梁波罗也点头同意了。拍完后,小张衬衣上果真留着一摊血迹。

可这不是小张的血,而是波罗的血。因为,当时的梁波罗因怕咬痛小张,并未用牙齿直接触及他的肩胛,而是使劲咬住自己的嘴唇,以致咬出了血水……

"小老大"之所以不老,是因为他敢于开拓,大胆转型。梁波罗是位公认的"高颜值"正派小生,可他竟敢接演"伟貌奇才,万恶之魁"的魏忠贤这个角色,塑造一个"善面,偶露狰狞,反角正演,假戏真做"的奸雄形象。真是胆大包天!哪里知道梁波罗接戏后,苦思冥想,几经思索,居然设计出一个魏忠贤的"习惯动作"——捻佛珠。这个动作既暗示了魏忠贤精于"盘算"的奸诈,又表现出他因坏事做尽而终日惶恐、急盼"超度"的心情。这样,一个很可能被脸谱化的角色,就被梁兄刻画成一个立体化的人物了!除了在戏中运用"主导动作"外,他还在《小城春秋》中设计了"主导道具"。因为他始终牢记着一句深植脑海的契诃夫名言:"如果一个剧本在第一幕的布景里,墙上挂着一把腰刀,到最后一幕就得让刀出鞘。"他就在戏中通过"赠帕、忆帕、还帕、归帕"表现了一方手帕由信物变成遗物的完整过程。此时,道具变成了表演中不可缺的"潜台词"和"贯穿线"。

"小老大"之所以不老,是因为他多才多艺,乐观积极。所以,一旦有人谈到京剧、越剧、沪剧时,一贯谦和内敛的他,脸上顿时就会显露出按捺不住的得意的笑容,而当他自己在台上唱起《卖汤圆》和《南屏晚钟》时,似乎比演《51号兵站》和《小城春秋》还要开心。是的,他应该得意,应该开心。"得意"在于这位"超级戏迷"不仅曾与马莉莉合唱过沪剧《庵堂相会》,与茅善玉合演过沪剧《大雷雨》,还在管弦乐伴奏下表演了黄梅戏《槐荫开口把话提》。而且,这位"小老大"当年还竟然用花了几个月才积攒下来的两元五角零花钱,去买了梅兰芳《宇宙锋》的前座票。而"开心"则是因为戏曲滋养了他,特别是戏曲唱词的文学性,给他提供了表演的"内心锣鼓经"。就如他自己所言:"《游园惊梦》中的杜丽娘曰'不进园林,怎知春色如许?',我只能算是一个探身向园林的频频观望者,已感受到撩人的春色!"梁波罗所探望的另一个"春色"就是唱歌。他通过歌唱发掘语言的韵律,让朗诵充满音乐性,形成一种独特的"歌唱般的叙述"和"叙述般的歌唱"。最最重要的是,这些姊妹艺术不仅是他表演的养料,而且是他生命中不可缺的伴侣。"在万马齐喑的那些年里,我手持羊鞭在东海海滨放牧。面对湛蓝的天、翠绿的草,我唯有借助歌声来宣泄心中的愤懑,抒发心底的憧憬。"他对着羊群唱遍了样板戏的唱段,从中检查发声、音准、气息,为自己找到了一种"抗暴与练声相结合"的方法。是的,歌声不仅伴随他度过那一段苦涩的时光,而且伴随着他穿越生死的四十二天!

  在波罗八十大寿之际,出版这本《艺·述》,不仅是在"述"梁兄之"艺",更是在"述"梁兄之"道"。这是一个正直的人、真实的人、认真的人、可爱的人,一个心中不仅有艺术,而且有他人的人。这样的人在那时有,而且不只是他一个,但是现在少了,似乎成了"稀有动物"。对于"稀有动物",我们不仅应该珍惜,而且应该称颂。时值2018年,让我们在敲响新时代钟声的同时,也以此书献给梁波罗与他的艺术。"小老大"不老,他所信奉的艺术也永远不老!

  "克勒"是一种风度、一种腔调,更是一种精神、一种文化。让我们一起走进"克勒门"和"克勒门文丛",寻找上海,发现上海,歌唱上海,书写上海,让我们每个人都成为有历史守望与文化追寻的梦中人,将高雅、精致和与时俱进的海派文化精粹传承发扬,用我们的赤子之心留住上海的万种风情!

# 目 录

17 　　序　留住上海的万种风情

27 　　第一辑　光影
　　　　　　初出茅庐扮演"小老大" / 29
　　　　　　《小足球队》——被遗忘的影片 / 34
　　　　　　《蓝色档案》拍摄钩沉 / 38
　　　　　　《子夜》中我扮演雷鸣 / 44
　　　　　　鹭岛小城话春秋 / 47
　　　　　　愿你闪光——《闪光的彩球》导演宋崇侧记 / 67
　　　　　　难以割舍的情缘 ——上影厂四号棚寻思 / 71
　　　　　　迟来的"金凤凰" / 74

79 　　第二辑　声音
　　　　　　清早听到公鸡叫 / 81
　　　　　　我的戏曲情结 / 84
　　　　　　叙述般歌唱 / 92
　　　　　　追求有魂的声音 / 99
　　　　　　盘旋于语言艺术的广袤天空 / 102

109　　第三辑　流年
　　　　　　悠悠慈母心 / 111
　　　　　　难忘的家事 / 120
　　　　　　多难的右腿 / 127
　　　　　　今夜燕归来——又见王丹凤/ 146
　　　　　　无可奈何君去远——纪念孙道临 / 149
　　　　　　暮春的怀念——乃珊心灵归宿 / 152
　　　　　　我眼中的夏梦 / 159
　　　　　　艺坛贤伉俪/附：寄往天国的贺卡 / 167


189　　第四辑　漫笔
　　　　　　此情可待成追忆 / 191
　　　　　　舐犊情深 / 194
　　　　　　精彩老朋友 / 197
　　　　　　"小鲜肉"提法可以休矣 / 200
　　　　　　站在"二层楼"上看风景 / 202
　　　　　　如厕奇遇之眼界大开 / 208
　　　　　　光影传奇谱新篇 / 210


213　　跋　那条墨绿的围巾
219　　后记

第一辑　光影

# 初出茅庐扮演"小老大"

《51号兵站》是上海海燕电影制片厂于1960年拍摄的黑白影片,首映于1961年国庆,是新中国成立十二周年的献礼片。我当时由上海戏剧学院表演系毕业进厂还不到一年,只有二十一岁,就接受了扮演该片男主角梁洪的任务。

## 天上掉下大"馅饼"

记得演员组宣布名单的那天,海燕厂几乎炸开了锅——在楼道里我被大哥大姐们簇拥着,接受他们的祝贺。说实话,当时我真的有些蒙了,心想进厂未满一年,"馅饼"竟毫无征兆地砸到了我头上。要知道在当时起用新人担当第一主角,可是1949年以来头一遭啊。特别是浏览了剧本后,我吓得冷汗直冒。梁洪是个集战士、特工、帮会成员三重身份于一身的人物,这对于一个毕业不久、初出茅庐的电影新人来说,实在是严峻的考验,当时我的心情只能用"诚惶诚恐"来形容。

与我演对手戏的李纬、高博、顾也鲁、邓楠、李保罗等都是我的父兄辈,张翼、黄耐霜更是自无声片起就驰骋影坛的宿将。试装时,化装大师乐羽侯在我年轻的面庞上左描右摹,可是化装出来的脸仍被笑称是一只"剥光鸡蛋",急得乐大师双手一摊,满脸无奈。我与李纬扮演的敌情报处长站在一起,宛如"老鹰捉小鸡"。可见我当时面临的挑战是多方面的,既要迅速把握人物的精神气质,又要尽快适应电影表演的特性。

导演刘琼敏锐地察觉到我所承受的压力,为了给我减负,挑选了几场重点片断进行排练,将剧本"立"起来,让演员"动"起来。据同事们说这也是前所未有的。排练汇报后召开的座谈会更让我终生难忘,老厂长徐桑楚说:"很高兴发现了一位可以与老演员并驾齐驱的年轻人!"赵丹说要演活梁洪,送我八个字——"静若处子,动若脱兔"。孙道临则主动请缨扮演仅两场戏的政委一角,以示对新人的扶持……那晚我彻夜未眠,既被那些温暖的话语感动,也深感肩负责任之沉重。

## 前辈点拨入角色

由于对上海沦陷时的情况一无所知,对当时的社会背景一点也不了解,于是在开拍前我随主创人员会见了当年的商贾名流,甚至去提篮桥监狱探访。不料那些昔日狐假虎威、胡作非为的帮会头目,以为是调查他们的劣迹来了,个个噤若寒蝉,令我们无功而返,只能把仅了解到的一些浅显的帮规礼数,都悉数用到戏中去。

穿长衫如何行得飘逸、坐得潇洒,对我也是个新课题。李纬不厌其烦地向我传授要领,如何含胸甩臂、撩袍挽袖,故在摄影棚里往往可见着长衫戴礼帽的我尾随他身后亦步亦趋,从外形上寻找人物的感觉。掌握外在的形体动作尚属不易,而要把握人物内在的精神气质就更难了。记得戏拍了一个阶段后,有一次讨论样片,高博严肃地对我说:"梁洪敲门参加党小组碰头会,大妈开门,你大摇大摆扬长而去,像少爷对待下人,精神面貌不对头!"闻此言我犹如五雷轰顶,深感精神面貌不贴切,将会前功尽弃。

编剧张渭清语重心长地开导我说:"地下工作依靠两条,党的观念和群众路线。"听此言又如醍醐灌顶。是啊!我应紧紧抓住梁洪与老百姓鱼水情深的关系,哪怕一个过场镜头也不能放过。于是我连夜将梁洪在剧中所接触的人和事详尽地列了一张表,找寻准确的人物关系和应有的态度。通过这些技术性的操作,我从中理出了头绪,像是攀缘着两根绳索逐渐向人物靠拢……

## 即兴体验"鸿门宴"

关于片中"鸿门宴"一场戏,我至今记忆犹新。在这一场戏中,我扮演的"小老大"为了能够在上海打开局面,巧使范金生的大徒弟、伪吴淞巡防团长黄元龙出面替他请客"拉场子"。在宴会上,敌情报科长马浮根用帮会中的黑话盘问梁洪,梁洪沉着冷静,对答如流,始终未露破绽。从此梁洪在上海立足,打开了吴淞口通往苏中根据地的交通要道。

当时由于年轻,我对旧社会的酬酢应对一无所知,更别说戏中"拉场子"那种劲爆场面了。我甚至连大鸿运酒楼也没去过,尽管同事们多次讲得绘声绘色,可我脑子里依然呈现不了1943年上海酒楼的景象。

说来凑巧,当时适逢参加上海青年第三次代表大会,一天在任选午餐饭店时,大鸿运酒楼赫然在目。起初我只是想借此机会实地勘察一番,可就在我进门的瞬间,一个有趣的念头闪现了:何不借此机会体验一番,来个"梁洪设宴"的假设场景!上得楼来只见宾客云集、侍者穿梭,一种奇特的"主人翁"感觉促使我招呼陌生朋友入座,以极大的热忱与他们周旋……别人还以为遇见了热情过头的代表呢!凭着这种情绪记忆,在导演和老演员的引导下,我完成了"鸿门宴"的拍摄。

这场戏原先拟处理成剑拔弩张、杀气腾腾的场面,尤其"盘问"一节,梁洪甚至蓦地起立,向马浮根反诘黑话,席间弥漫着浓烈的火药味,这正是惊险片的常规演法——紧张、炽热,也有助于刻画梁洪深入虎穴的英雄性格。但大家反复研究后发现,如此纵有剧情奇峰突起之利,却不乏人物矫揉造作之弊。试想一个从苏中小城乍到上海的年轻商人,以"卖老"姿态现身,不仅难取悦于座上客,反会平添马浮根的疑窦,而这场戏的目的恰恰是要解除敌人对梁洪的怀疑,取得合法身份。加之从我本人的气质考虑,也必须从"硬碰硬"的窠臼中跳将出来,反其道而行之。于是就有了当时有问必答、对答如流、谈笑自若、绵里藏针的表演,让马浮根领略到"硬碰软"的"拳击棉絮"之苦。尽管我努力体现梁洪谦而不卑、活而不浮的气质,但从影片来看,外弛内紧的非常精神状态仍显不足,缺乏内在的威慑力量,这是我至今深以为憾的。

## 谁是"小老大"原型?

如今,尽管与我合作的战友大多已离我们而去了,可有些情节仍清晰如昨,这是一个多么令人留恋的团队啊!当时正值三年困难时期,物资匮乏,但大家意气风发,团结一心。当我因拍戏劳累,人越来越瘦时,李保罗甚至要将他每月的肉票支援我。我婉拒后,他骑车去附近用配给的糕饼券买来点心让我补充体力……尽管当时的我已竭尽全力,但我深知以我当年的阅历和水准是很难将人物塑造得有多少深度的,倒是刘琼导演的排兵布阵奏了效,他调动了几乎整个海燕厂的优秀演员,硬是将一出无一女角的"和尚戏"打造得有声有色。影片自1961年国庆节问世以来,受到全国观众的热烈欢迎,"小老大"也一夜之间享誉大江南北。无论我以后演过多少影视剧,让观众念念不忘、津津乐道的依然是"小老大"。这个称谓从青年时代起伴随我走到了现在。

影片面世后,尤其是近十多年间,不断有人向我询问:"'小老大'的原型究竟是谁?"其间有几位自称人物原型者或其家属辗转向我核实、求证,一般我都会如是回答:"影片表现的是艺术形象,是综合诸多个体塑造出来的。你的父兄或许曾做过与'小老大'相似的行为,他们不愧是抗日的民族精英!"

但据我所知,这个人物的原型应该是该剧编剧之一的张渭清,当年他曾是新四军第一师后勤部军需科科长,是奉师长粟裕之命来上海开展兵站工作的。吴淞曾是他战斗过的地方,他经常出没于渔行、米市,剧中的不少情节都是他亲历过的。这一点,从影片放映不久,当时主持国防科委工作的张爱萍同志在接见主创人员的座谈时进一步得到了证实。在从影之初能扮演这样一位为革命出生入死的地下工作者,是我一生的荣幸!

## 《小足球队》
——被遗忘的影片

影片《小足球队》是上海海燕电影制片厂1965年根据当年誉满申城的、任德耀编剧的同名话剧改编摄制的，系女导演颜碧丽独立执导的第一部影片。此前，她曾在沈浮导演的《北国江南》和郑君里导演的《李善子》等大师身边当副导演，其组织、调动群众场面的功力曾广受赞誉。此次，她联手助理导演赵光沛、美工傅淑珍、录音师吴英，除了摄影顾温厚外，主创皆为女性，也许是基于儿童片，女性更善于与孩童沟通的缘故。

故事描写沪明中学足球健将路阳，经不起师生对他个人英雄主义球风的批评，愤而走出校园，径自在校外组建"无名队"，在无业青年吴安的教唆下，视踢球高于一切，强调个人作用，致使学业大幅滑坡，班主任江荔发现后，及时令路阳认识错误重新归队。

我演吴安——话剧中的"爷叔"——是最早确定的，导演邀约演大伯的李保罗、演奶奶的谢怡冰和我一起协助她们寻觅合适扮演角色的儿童演员。我们分几个小组奔赴各区小学去"淘宝"。当时的孩子不像现在这么开放，勇于表达，听说选去上镜，大多逃之夭夭。层层筛选后，将进入"法眼"的一众学生召集来厂，在小放映间做最后定夺。

颜碧丽是个集思广益、谦逊勤奋的导演,她圆鼓鼓的脸上总是充满笑意,深色边框的镜片后面藏着一双睿智的大眼睛。她嗜茶如命,独爱"碧螺春",每到一处,先要打点茶水,先是饮,继而是嚼,将茶叶反复咀嚼后下咽,入肚后再开始第二轮冲泡,而当她遇事举棋不定时,必是咀嚼最充分的时刻。那天为了确定谁演路阳,估计她至少耗费了二两"碧螺春",最后才确定由张国平来演,而在现场张国平是个歪戴帽子、不被看好的调皮捣蛋鬼。

我曾深入虹口区青少体校,相中了一名外貌出众并有表演天分的孩子,唯一的缺点是身材奇高,与一般孩子在一起显得鹤立鸡群,无奈只好割爱。不想若干年后他居然当上了我国国足的主教练,成了体坛上的风云人物,他就是2017年9月被任命当上海足协主席的朱广沪,让人纳闷的是,现在看来他的身高并没异于常人!

角色落实后,一概住在厂里集体化管理。几乎所有的外景部分都在"张庙一条街"完成的。说起这条街,当时可是赫赫有名:是1958年为迎接建国十周年而建的样板新村,集住宅、商业服务、文化娱乐于一体的综合规划建筑。影片中街道、里弄、广场、校外球场都在张庙解决,许多搁置在建筑工地上的水泥预制板、下水管道等,都成了摄影师青睐的最佳道具。吴安教孩子们踢球的镜头皆摄于此,由于满地沙砾,场景真实,表演极具生活质感。足球比赛场面拍摄于大同中学,唯新村室内是在棚里搭的景,由于场景相对集中,故拍摄进度很快。

我不是足球迷,当我接受吴安这个角色后,首先想到要找个足球教练交个朋友,看看他们的训练、生活状况、举止做派……摄制组介绍我去拜见足球前辈孙锦顺先生。孙老是广东东莞人,由于1926年代表香港南华队在中组联赛出战英国陆军联队时,一脚射穿对方球网,故而有"孙铁腿"美誉。他曾担任过影片《球迷》足球指导,这次请他担任本片的足球指导。我特意去复兴中路的"派克公寓"他家上门求教,由于是同乡,故交谈甚欢,他认为我只要把出场时的"顶球"和指导"无名队"时的"脚背停球"练好就行,其他一般练脚可以随刘光标参加在大同中学的训练。说话间,在客厅里他取出足球"喂"我,教我如何让抛下的球稳稳地停住在脚背上,忙得我满头大汗,却怎么也停不住他抛来的球……

当年拍摄的胶片都是通过外汇购买的,因此厂里对耗片比有明确规定,一般是1∶1.2至1∶1.5,唯拍儿童或动物可放宽至1∶3。我和颜导死缠烂打,保证表演不NG(重拍),对"脚背停球"这镜头希能网开一面,比1∶3再宽限些……颜导照例笑而不答,使劲咀嚼起她的"碧螺春",孙指导在一旁帮腔说:"这种技术动作不要说一般人,即使专业球员也不一定'百发百中'。"由于"脚背停球"是吴安在"无名队"第一次显摆的技能,十分重要,故拍摄此镜头时,围观者不少。仍是孙指导"喂"球给我,导演一声开拍,球从空中飞来,刹那,我右腿一伸,球不偏不倚立在我脚背上,停住了!掌声中我心石已落,喜出望外,居然一次成功!我喃喃地说:"孙指导球抛得好!"其实我心知肚明,天道酬勤是最主要的,当然,也不排除一点点运气。当年张庙一条街未见有啤酒屋,不然我会拖着孙指导敬他一杯!去年,当我去宝山区参加活动时,问起张庙,只见一块刻着"张庙"两个字的石碑竖在长江西路一隅,司机告诉我说,此处就是以前的张庙一条街了。

算起来,吴安这个角色,是我继拍完《51号兵站》《白求恩大夫》之后接拍的,当时已积累了一定的拍摄经验,也习惯了在水银灯下的表演,加之对三叔之类人物,在现实生活中见过不少,故人物在脑中呼之欲出。我要求服装为我定制一件宽大的花呢外套,潇洒得左摆右晃,显示他的不羁,奶油包头,套一件鸡心领带图案的毛背心,请道具员找一辆跑车型自行车,车把是拱形的,跨上车脑袋一沉,臀部一翘,"小开"的味道就出来了。吴安好逸恶劳,为了逃避去苏北农场劳动,赖在上海靠吃父母的"定息"过着游手好闲的日子。其实,他属于有缺点,可以教育好的社会青年,由于当时受极左思潮的影响,剧中却把他推向教唆、腐蚀孩子的对立面加以鞭挞。由于定位不准,这部影片在"文革"之后就销声匿迹了。拜热心影迷所赐,将影片翻录成DVD,让我及当年的小伙伴们一起重新回顾了这部被遗忘的影片,我自认为这个角色是我从影以来演得最松弛、最得心应手的。

拍摄这部影片后,不少小演员由此走上了从艺的道路:演路阳的张国平,于拍摄次年,1966年就被新疆军区文工团相中,参军成为话剧队演员。演黎明的施融参加沈阳军区话剧团任演员,复员后几经波折加入了上海译制片厂,成为青年台柱,他配的《茜茜公主》中的弗兰克皇帝以及《超人》等艺术形象给人留下深刻印象。演三叔"跟屁虫"的包福明1969年入伍,在济南军区话剧团当演员,复员后进入上影当导演,20世纪80年代,他导演的电视连续剧《陈嘉庚》《红色康乃馨》获奖无数,深得观众好评,他曾邀我在他执导的电视剧《女人不麻烦》中客串一位教师。其他如王松平、张铁城等,都从事与文化有关的各类工作。至于扮演江老师的王金娥,原先就是上海儿童艺术剧院的青年演员,时隔三十七年的2002年,在梁凤仪编剧的电视连续剧《豪门惊梦》中与我扮演一对中年夫妻,她已更名为王群。真可谓"人生何处不相逢,相逢犹如在梦中"啊!

影片拍摄迄今五十多年过去了,这个群体居然没有解散,一旦有谁从海外归来,或者谁生日之类,这些当年的男孩、女孩,如今的爷爷、奶奶还会相邀一聚,也不忘招呼我参与其盛,我们会共同怀念那位把"碧螺春"当菜吃的颜奶奶……创作中结下的友情,不是轻易可以割舍的。

也不能说,这部影片完全被遗忘了,至少,三叔那段教孩子踢球的"贯口",被编进台词训练课本中,成为练习绕口令的热门教材。谓予不信,请听:"踢球可分定位球、滚动球和空中球。踢球可以用脚尖、脚背、脚内侧;也可以用脚跟、脚底、脚外侧,除了用脚踢,还可以用头顶,可以跳起来顶,也可以不跳起来顶。顶球可以用头前、头后、头左、头右和头中。顶球不仅要把球顶出去,而且要能控制球的方向。"

# 《蓝色档案》拍摄钩沉

2017年岁末,上海各大报刊都刊登了历经百年沧桑的浦江饭店将于2018年元月正式歇业装修的消息。浦江饭店原名礼查饭店,是中国第一盏电灯亮起、第一批电话在此安装、处于公共租界的豪华饭店。20世纪80年代初我随《蓝色档案》剧组进驻此地拍摄了舞厅、酒会等诸多镜头,对饭店的奢华和典雅留下深刻的印象。

《蓝色档案》是1980年上海电影制片厂投拍的一部彩色故事片,华永正、孟森辉、石勇编剧,梁廷铎导演,向梅和我分饰地下工作者沈亚奇和李华。沈亚奇是某银行经理,李华则是她的下属——银行职员。影片围绕着1948年为解放东北最后一座城市,我党急需从敌特手中获取一份日本潜伏特务名单——蓝色档案,所展开的艰苦卓绝斗争的故事。

由于经历了腥风血雨,历尽阴霾迎来久逢的春光,故事片一反以往塑造"高大全"英雄的模式,强调人性,突出表现人物的战友情、母女情……在创作理念上有了质的飞跃。大家在意气风发地勤奋劳作时,感喟悄然荒废了十余载,我也由青年步入中年了。

如今回想这段岁月,依旧不胜感慨,从当年创作手记中撷取的五篇,大概更能"原汁原味"地还原彼时彼刻的真实心境和内心况味。

## 3月15日　星期六

今天,是《蓝色档案》正式开拍的日子,拍的是李华探明档案下落归来向沈亚奇汇报一场。这场戏镜头不多,但不知怎的,望着摄影棚里一片忙碌的景象,我心头一阵忐忑,也许是一场新的战斗即将打响,一个新的形象要开始塑造的兴奋吧!？趁布光的间隙,我与向梅反复谈论的仍然是如何表现在敌人严密监视下两个地下工作者以经理和职员的暧昧作掩护的人际关系,我们所要探求的是既掩人耳目又不损害角色内在气质的表现手段。导演梁廷铎耐心地给予我们启示,我们又试演了几遍,相互揣摩着应拿捏的分寸……

开拍伊始,各部门配合尚未十分默契,但整个摄制组已呈现出严肃的创作气氛和对艺术求精的传统作风,这是个好兆头。厂长及今天无戏的演员如唐克、李纬、叶志康、冯奇、于飞、宏霞、沈光炜、曹铎等都纷纷来到棚里观摩。虽然谁也没讲"开拍志喜"之类的贺词,但从人们眼神里可以感受到殷切而美好的希冀。

## 4月6日　星期日

连续三个夜晚,我们在这座曾是富商的私寓,现用作上海工商管理部门的独栋公寓里拍摄了几组夜景镜头,往往从华灯初上摄至凌晨拂晓,大伙眼都熬红了,但无一叫苦。特别是照明组的工人师傅,在春寒料峭的深夜,为了调整光源,经常忙得汗流浃背,全组战斗精神之旺盛使手术后正卧床的制片主任也躺不住了,深夜赶来助战……

今天是计划在这里拍摄的最后一天。由于此处有频繁的会议及外事活动,这场阳光明媚的沈家客厅日景只能安排在休息日拍摄。然而天公不作美,昨晚淅淅沥沥下起雨来,今晨天气阴沉,无法拍摄,怎么办?导演和摄影踌躇起来,是改变原来设想,还是择期重来?全片夜景偏多,需间或穿插明朗场景,撤走再来吗?已商定七天后去浦江饭店拍摄舞会场面,牵一发动全身,何况半个月后万一仍遇雨天呢?主任召集导演梁廷铎,摄影陈琳、蔡关根及照明师傅等研究,当机立断决定不改变气氛,不改变日程,调动发电车,人造阳光气氛!一经决定,各就各位,准备战斗。

镜头从沈亚奇下楼摇向客厅,李华焦急地迎上,用纸条述说他昨晚清元寺出师失利,蓝色档案被赵康取走,而此刻雷嫂正在外间窥视,沈看后即将纸条焚烧了……向梅告诉我她这是第二次在这里拍戏了,长影拍《保密局的枪声》时也曾借用这个环境。通过近阶段合作,我发现她的表演比史秀英更趋成熟了,把握这样一个在旧社会善于酬酢应对的经理,对于我们这一辈对旧中国缺乏感性认识的人来讲是不容易的。向梅扮演的沈亚奇含蓄、深沉,我以为这与她的勤奋与谦虚是分不开的。拍摄时我们兴致勃勃地回溯起十八年前共演话剧《战斗的青春》时的场景。那时大家正值青春年华,现在都已步入中年了,十年浩劫带来的创伤,在艺术上致使我们未能达到与岁月相仿的水准,嗟叹之余,更激励我们抓紧时间创造几个有深度、有个性的银幕形象,借以补偿被耽误的青春!

## 4月25日　星期五

今天继续拍赵康密室,李华率王洲追捕赵康截获蓝色档案的戏。美工李金桂的精心设计加之制景工人巧夺天工的制作,阴森、幽暗的地下室散发着潮气,一扇钢制库门与我在长春地下金库所见相比几可乱真。烟火组的小叶使出浑身解数,在他的遥控下,双方枪击时不但子弹当场出彩,打在墙上、铁柜上还都会溅出灼人的火花,相当逼真。赵康欲取走档案,闻听走廊有声,趋向门口,发现李华等追踪,忙举枪射击……李纬在拍摄这个镜头时,我在机旁观摩,他通过调度的变化,由平稳到警惕,由警惕到还击,节奏速度的强烈转换把人物内心活动鲜明地体现出来。看他形体如此灵活,谁能相信他已六十开外了?这次导演请他协助工作,担任了演员组长,他不但自己演得认真,从开拍之日起,无论有无他的戏,天天来到现场,无论哪个演员向他征询表演的意见,他无不认真对待。我不止一次地被他一丝不苟的创作态度和诲人不倦的风格所感动。这自然地使我忆及二十年前在拍摄《51号兵站》时,对我这样一个初出茅庐的戏剧学院学生,他所给予的扶植,从如何戴礼帽、穿长衫教起,鼓励、帮助我去演好梁洪这个人物,直到刚才他还提醒我如何掌握近景及特写中眼神及头部配合的分寸,说他在艺术创作上一贯助人为乐是一点也不过分的。我对他说:"有你在旁边,演起来就定心了。"这不是玩笑,是真心诚意的,有他这么一位良师益友在身边,我感到更有信心,虽然有时他是严厉的。

## 4月27日　星期日

王洲办公室父子开打一场戏,今天估计可以拍完了。

这场戏,应该表现李华的机智。开始是坐山观虎斗,进而撩拨,使父子关系白热化,王洲得到李华相助,盛怒之下击毙了王占魁,晋升李华接替王占魁的职务。这场戏总共四十多个镜头,角度多变又有开打场面,拍摄上困难不少,加之饰演王洲的唐克,年事已高,近日来又患重感冒,大家都为他在地上翻滚扑打捏一把汗,唐克带病坚持工作,注射针药之后才进摄影棚,精神可嘉。扮演王占魁的是上海青年话剧团的沈光炜,小沈学过拳击,所以打来灵活、真实。休息时,老唐突然对我们说:"我感到现在好像又在长春长影招待所里。"不是吗?去年我和小沈应长影邀请去拍摄《瞬间》,与正在那里拍《北斗》的老唐相遇,当时谁会想到下一部戏马上会在一起合作呢?他的话马上引起我的联想,我对小沈说:"《瞬间》里你演付小浒时被我演的石峰用枪柄猛击头部,这次李华又用铜器猛击王占魁头部,真是无巧不成书啊,你挨我两次打了。"小沈笑着说:"老兄手下留情!"逗得大家都笑了起来。

## 5月17日　星期六

　　夜深了。行装备就,明晨就要出发到宁波拍外景了。两年里,离家已是第三回了。比起新疆、长春来,这次虽近得多,但每次行前总有一种难言的感奋。女儿正佯装入睡,不时向我偷窥,每次告诉她,"爸爸要出外景去了,回来带好东西给你。"她总是狡黠地一笑,大约她认为出外景是去什么最好玩的地方吧。

　　打开导演阐述,重温对李华的解释,翻阅创作手册,近两个月来在上海内景、实地拍摄的一些场景跃然映入脑际,时断时续……

　　我喜欢这个角色,我爱他静动兼备、文武双全的气概,爱他语言少、行动多的性格。有两场戏干脆没有一句台词,这是我未曾遇见过的。这无异给予表演更大的自由,同时也更多地要求通过眼睛及形体去塑造人物,对我也是一个新的考验,尤其是十多年来脱离银幕生涯,形体上所发生的变化对我创造这个人物带来一定的困难,我正努力缩短这个差距,尽管我把他的性格特征概括为"活而不浮,勇而不鲁",但从拍摄的样片来看,有许多不足之处,在外景中有些方面是可以弥补的,我有信心把他演好。

　　夜愈深了,女儿已入梦境,脸上绽开了笑靥。孩子自然不会懂得出外景不是游山玩水,而是战斗!不是吗?此刻,与一个战士出征前重温作战方案,查阅地图,寻找有利的地形、地物何其相似?然而这战斗的权利却不是轻易获得的,我无端被剥夺了这权利整整十二年,今天失而复得,我当加倍珍惜。我想:如果是战斗的需要,这样的离别是有意义的。

# 《子夜》中我扮演雷鸣

《子夜》是1981年上海电影制片厂根据茅盾同名小说改编，由桑弧、傅敬恭导演的宽银幕彩色故事片。全片有名有姓的角色就有五十多位，汇聚了张伐、李仁堂、乔奇、顾也鲁、韩非、程之等一众资深演员及新秀郭凯敏、张闽、李小力、刘佳等，是全厂通力合作拍摄的一部鸿篇巨制。片头还抢拍到了茅盾先生在办公室的珍贵镜头。但影片放映时，茅老已驾鹤西去，令人无限惋惜。

我在《子夜》中扮演国民党军官雷鸣，这个角色有异于我以前塑造的其他人物，而且，该片主要矛盾在描写民族工业资本家吴荪甫与买办金融资本家赵伯韬之间的斗争，雷鸣与吴荪甫之妻林佩瑶的感情纠葛属于第二副线（第一副线表现劳资斗争）。雷鸣，原先具有爱国热忱，进入黄埔军校，参加了北伐，但在生死考验面前逃回了上海。在他弃戎从商寻觅生路的过程中，惊悉昔日情侣已投入巨商吴荪甫的怀抱。此时已变为玩世不恭的雷参谋，这个战场上的懦夫，以感情的强者自诩，对林佩瑶百般撩拨，对吴荪甫进行了精神上的报复……这是个心理复杂的角色，戏虽不多，但在揭示民族资产阶级家庭成员之间的矛盾和渲染旧中国历史画卷方面，却有着不可忽视的作用。如何在出场有限、地位从属的条件下把雷鸣演好呢？这使我颇费心思,反复阅读了原著,努力从字里行间理解并接近这个陌生的人物。在导演的帮助下,直至开拍前我才逐渐感受到了角色心灵的搏动。

雷鸣与林佩瑶两次聚首都是在"吴公馆"(瑞金宾馆一号楼)拍摄的。有一个雷向林表白心迹的镜头,叙说了离别后自己的遭遇,导演要求这一大段台词要以"言情小生"的演法,尤其是"我在成千成万的死人堆里爬过,什么东西都丢了,只有这本书、这朵花,一直没有离开过我……我到处找你,后来,才知道我的运气不好……"这一段,更要求娓娓动听,感动得林热泪盈眶。这是个近二百英尺的长镜头,对演员走准位置、照明布准光位、摄影跟准焦距都有严格甚至苛刻的要求。因此,全组在做拍前的准备,我和对手程晓英反复切磋,寻找适度的交流……桑弧导演以其特有的谦和在一旁督战。实拍前,为了使我们进入规定情境,他让现场肃静。我向程晓英耳语:"交流!"她明白我这是调动起真情实感的召唤,领悟地颔首。马达转动了,我们按照预定的方案开始了相互的动作,一切都很顺利,桑导演报以淡淡的微笑,表示认可。灼热、汗水都被创作的欢愉所取代。

雷鸣的"动情"是为了赢得林佩瑶的情泪和笃信,可是演时就不能假惺惺,必须首先自身受到感动,然后才能打动对方,换言之,要假戏真做,往真里演。这样处理会不会使观众误以为他是真心实意呢？我以为不会。一是从他俩的历史关系来考虑,五年前受到高等教育的"校花"林佩瑶,舍去众多追求者而倾慕的人,必是她心中的英雄,这就决定雷鸣不可能是举止轻佻,出言不逊的。如今久别重逢,林不可能觉察雷在思想上发生的蜕变,因之这场戏还必须再现出他俩昔日热恋的影子。二是从20世纪80年代观众的欣赏习惯来考虑,如果沿袭30年代装腔作势的表演,虽有一定的时代特点,弊端是难以为今天的观众所接受的,难以达到骗取林信任的效果。我理解雷的玩世不恭不是体现在他外在的表现手段上,而在于当他与林演完这场"鸳梦重温"后,一俟跨出吴府,就与徐曼丽之流——交际花、社会名媛耳鬓厮磨。显然,他对林的绵绵情怀正是为了掩盖他伪善的本质,而本质往往不是一眼就能看穿的,我想,这样刻画,人物会更立体、深刻一些。在后一场,当他再度由前线潜回,林向雷提出拟将胞妹许配给雷时,雷貌似沉痛地婉言拒绝之后,我以为必须加上他对林的一瞥,也是为人物开了一扇"天窗"——让观众从对雷的笃信中洞察到雷只是在检验自己"表演"的结果!这一想法得到桑导演及摄影师邱以仁的支持。但从公映后反馈来看,观众并不领情,大多数观众认为雷鸣演得不够坏,有的甚至说:"看到雷鸣和徐曼丽同床共枕,感到难以接受……"总之,未能达到自己预期的效果。

电影是遗憾的艺术,想象和实践总是有一段距离的。通过对雷鸣的塑造,我体会到每一个人物都有其完整的历史,要在有限的篇幅中刻画好,必须缜密构思,惜墨如金,我为雷鸣所做的准备不下于演一个主要角色,演来仍觉多处不尽如人意,说明自己功力有限,有待加倍努力。

# 鹭岛小城话春秋

《小城春秋》是福建电影制片厂1981年摄制的故事片,它是根据高云览原著同名小说改编的,描写了五十年前发生在厦门的一段革命事迹。我在影片中扮演的吴坚,是把原作中的吴坚和四敏合于一身。这是我第三次扮演党的地下工作者。

吴坚是典型的30年代的进步知识分子,他有面战顽敌的机警,也有克制感情的理性;既有组织越狱的胆略,又有自我牺牲的壮志。因此,我立意将吴坚演成一个既是文人又是战士、既是英雄更是我们似曾相识的朋友的人物。在表演时,我追求人物内在的力量、深沉的感情,试图在同类型人物的塑造上,做一次角色心灵的探索。

**一副手铐　表明了吴坚威武不能屈,富贵不能淫。**

影片中,由于叛徒的出卖,厦联社负责人吴坚被捕,被带进国民党侦缉处。为他开启手铐的侦缉处处长赵雄却是他昔日同窗、结拜兄弟,这是他们分别四载以后的重逢。这时,空气是难堪的沉默。赵雄想以忆旧、怀旧这种所谓"友情"来感化吴坚,希图达到他劝降的目的。

如何展现吴坚当时的心情和动作呢?剧本初稿上有拒烟、拒茶、不苟言笑的提示。但我认为这种"横眉冷对"的表演,将流于表面化。由于他们已往过从甚密,相交至深,这就有别于许云峰与徐鹏飞式的见面。吴在行动上大可抽烟、喝茶,甚至有叙叙离别的瞬间,也是有可能的。而当谈话之间触及原则问题,吴就毫不客气地"以子之矛,攻子之盾",利用"叙旧"来揭露、鞭挞赵的伪善。在这场戏的后半部,我还设计了一个顺手从桌子上拿起手铐又放下的动作,貌似无心,实质是向赵表明存在于双方不可逾越的鸿沟。总之,我的想法是尽最大努力展示人物的心理,那么这样的英雄将是血肉丰满的、感人的。

## 一方手帕　点出了书茵的出淤泥而不染,又激励她完成吴坚未竟的战斗。

吴坚和书茵曾经热恋过,由于吴转入内地开展工作,从此杳无音信。书茵迫于生计,才在赵雄的侦缉处当一名文书,目睹国民党的倒行逆施,内心感到无比痛苦。吴被捕后,他俩不期而遇,书茵顿起救吴之意。赵却想利用书茵与吴的旧日恋情,企图以书茵为诱饵,降服吴坚。在影片中,吴坚甫晤书茵,十分疑惑,待他看到薛校长(华侨巨子、厦联社社长)的亲笔便条,听了书茵一番心迹表白以后,为她的真挚感情所动,疑信参半。这时,吴坚忽然看到院内警卫森严,立刻意识到不能"一往情深",必须对书茵援救的真伪作出判断。吴坚掏出书茵当年绣赠的一方荷花手帕,轻声道出:"……没想到……荷花也会沾上污泥。"并将手帕掷于茶几上。书茵拿起手帕,强抑悲痛,表明心迹。……后来,又通过吴坚的还帕、索帕和归帕等一系列情节,不仅发展了他俩的爱情,而有使这方手帕又成为激励书茵去完成吴坚未竟的战斗的动力。

▲《51号兵站》中梁洪胜利返航

▲ 政委（孙道临 饰）布置梁洪去上海重建兵站

▲ 《小足球队》中吴安向路阳等同学传授足球经

▲《子夜》中雷鸣与林佩瑶旧情复燃

▲《蓝色档案》中李华向王洲（唐克 饰）交出蓝色档案

▲《小城春秋》吴坚在思考越狱方案

▲《小城春秋》吴坚与昔日恋人书茵（徐佳音 饰）貌合神离

▲《闪光的彩球》中周玉明与妻子（赵静 饰）为教育子女产生矛盾

▲《瞬间》中飞机设计师石峰对所见所闻疑虑重重

▲ 2008年7月在长春电影节上喜迎久违的日本明星栗原小卷

▲ 2002年拍摄电视连续剧《豪门惊梦》中与斯琴高娃在一起探讨表演

▲ 20世纪80年代，与韩非、秦怡、孙道临、王丹凤、白杨、康泰、舒适、吴海燕、程之在一起欢度中秋

▲ 与孙道临、秦怡在一起

▲ 在第十六届电影艺术表演学会颁奖盛典中老友重逢，与赵静、江平、唐国强、佟瑞欣在一起

▲ 2015年，第十五届电影表演艺术学会活动中与各地同仁们欢聚一堂

▲ 黄粱一梦——黄渤，黄晓明和梁波罗

▲ 与曹景行、龚雪合影

▲ 与老搭档向梅难得一见

▲ 2017年上影剧团敬老节大聚会

▲ 第十六届电影表演学会上与于洋、牛犇等在一起

▲ 与雷恪生同获特别荣誉奖

▲ 摄于20世纪80年代 左起：陈奇 秦怡 梁波罗 刘琼 李歇浦

▲ 与牛犇、陶玉玲、赵静在电影艺术表演学会会场

这幅手帕是我经改编者的同意而加上的,成为贯串全片的一件重要的小道具。它既点出书茵的出淤泥而不染,又由于它的反复出现,加强了男女主人公间感情的浓度,也使剧情产生跌宕的艺术效果。

## 一声怒吼　展示了英雄先人后己的高尚心灵。

影片最后,在上级领导的周密部署下,大批难友越狱了,吴坚为等待排除碉堡火力的何剑平而负伤,何背着吴翻越后墙抄小路赶赴集合地点。敌兵的追赶、山路的崎岖、伤势的严重,都使他们面临险境。吴开始是劝何先走,继之推他、咬他……但都没有使何下定决心。这时一声枪响,何也中弹了,连走路都很困难了。吴进一步晓以利害,何迫于情势才勉强应允去找人营救。这时,吴发觉左侧追兵向山坳逼近,右侧船上的难友闻声下水奔来接应。假如因此造成短兵相接的局面,势将酿成越狱失败的后果!在这千钧一发之际,吴决意牺牲,对一步一回首的何剑平大喝一声:"快跑!告诉同志们快走!"何还迟疑未决,只听到又是一声:"还不快走!!"如雷贯耳,使何震惊地离开了。于是,吴举枪射击,吸引敌兵,弹尽之后,为了不被生擒,更为了不致因自己而延误船只的起锚,在默默地为同志们祝福以后,就毅然决然地纵身跳崖入海。

这是影片的结尾,也是人物悲壮的归宿。我对"还不快走"这句台词的处理,从语言的力度到表演的强度,都超越了角色的基调。这破格的"强音"会不会离开角色的总谱呢?不会的。它恰巧是利用语言的强烈反差,画龙点睛地把人物的坚强性格展示在观众面前。这一咆哮体现了吴坚热爱战友胜于一切的高尚品德。他要以一己之死,换得数十名难友以及何剑平的生。这是吴坚当时的思想境界。

当剑平被强迫离开吴坚之后,对于"跳崖明志"我内心是有过纠结的,那就是究竟以什么状态来结束生命?还是艾青《我爱这土地》中的诗句帮助我解开了心结：为什么我的眼里常含泪水？因为我对这土地爱得深沉。拍摄时，我是眼噙热泪告别战友，纵身一跳离开这个世界的。我想，这样处理非但不是怯懦，恰更能体现人性所迸发出的光辉。

# 愿你闪光
——《闪光的彩球》导演宋崇侧记

## 初识与合作

我初识上影厂导演宋崇是在 20 世纪 60 年代,熟悉他则是在奉贤干校,那时他在饲养场,了解他却是通过拍摄《闪光的彩球》的合作……

1981 年年底,宋崇喜滋滋地告诉我,他正与旁人合写个儿童剧本,剧中有个教育局外事干部的角色适合我演。尽管我对他在《好事多磨》中表现出的隽永、幽默的导演风格非常赞赏,但对儿童片我望而却步。对他的盛情我并未介意,也不准备参与。

他言而有信,剧本写成就送了来,读来尚觉清新。虽是歌颂老师教育方法、赞扬儿童品质的,但触角伸向教师、学生的家庭乃至整个社会,不乏针砭时弊的笔触,但我仍未改变初衷。一个多月后,当他听取各方意见修改剧本后,再度邀我饰周玉明。我终于被他的热情所融化,欣然应命,但要满足我两个先决条件:一、片中周玉明的所有英语台词由我自己说。二、周玉明哄女儿玲玲睡觉的《摇篮曲》由我自己唱。宋崇听后原本眯成一条缝的双眼顿时张得鼓鼓的,惊呼:"你这是自我加压啊！""有难度的角色才吸引我！"我回答。于是当下拍板成交。

完成片中英语确实是我自己说的，与我搭戏的外宾角色由上海外语学院两位教授完成，成片去北京送审时受到当时电影局局长石方禹的肯定。由吕其明作曲的《摇篮曲》因顺应剧情需要，最后改为吟唱，基本上达到了原先的设想。

### 葱㸆鲫鱼

我再三阅读剧本，周玉明这个人物是作为揭示女主人公方华教学和家庭的矛盾而被组织到戏剧冲突中的。由于是侧面描写，如何在有限的篇幅中表现当代中年夫妇的苦乐，塑造好这个支持方华献身教育事业的好丈夫、好爸爸呢？能不能在不加戏、不添词的前提下刻画出人物的深度来呢？我颇费踌躇，决定由贯串道具着手。我从剧本中找到一个细节：在学校食堂里，方华让林育才尝一口周玉明烹调的油焖笋。这一笔仅是对琴瑟和谐的后景描写，是孤立、凝固的，如果引发开去，反复出现，效果就会不同。于是，我就作了这味菜是方华平素最爱吃的假设，在周等方回家吃晚饭时再描上一笔，方问："今晚吃什么？"周答："你最喜欢的！"借此增强感情浓度，加深观众印象，同时也为后面夫妇发生摩擦做了铺垫。当方夜归受阻，离家数日与周在学校不期而遇时，就可取代原本中周动员方回家的一般化的台词，借用贯串道具达此目的。然而"油焖笋"这味菜不理想，笋是植物，没有生命，难以寄情，最好改成可供饲养的动物，那么周盼妻、自责的复杂感情就可渲染得充分些，如果再借女儿的口吻来表达，就更符合周的身份了……我欣喜地将这不成熟的设想告诉正伏案分镜头的宋崇，他高兴得像个大孩子似的大声补充说："葱—㸆—鲫—鱼！"他把台词改为："我买了几条鲫鱼，养了好几天了，可玲玲说等妈妈回来才吃！"此时葱㸆鲫鱼起到了以物寓情的作用,既符合人物关系,也符合影片基调。

当分镜头剧本发下来时,我发现三次葱煨鲫鱼都被写了进去,正翻阅时忽听宋崇大声叮嘱道具员:"增加葱煨鲫鱼!"道具员正诧异,他又冲着走进来的方华扮演者赵静说:"吃鲫鱼的来了!"搞得他们莫名其妙,他狡黠地向我眨眨眼,我们相视而笑,"葱煨鲫鱼"开始了我们的创作友谊。

## 手脚并用

影片基本采取实景拍摄,现场录音。方家选择在上海南市区尚文路一幢老式石库门里弄房子的三楼。

有一场方探路回来的夜景戏,原先的动作顺序是周心痛白天劳顿的妻子,当他端来一盆洗脸水,劝她不要别出心裁自搞一套。导演要求我整段戏在张罗女儿上床的一系列动作中来完成,加强生活气息,我十分乐意地接受了。通过排练,我觉得规劝一段台词以避开玲玲为好,更合乎一般家庭大人谈正事不需孩子参与的规律。于是我建议增加为玲玲洗脚的细节,让她双脚浸于盆中,他同意了,因此周就必须在进门时端进两盆水,更能展现周在家中"要照顾大的,又要照顾小的"的忙活劲儿。正因我一手端一只脸盆,加上又是面巾又是脚布,进得门来下意识地用脚钩过一只方凳始得放下手中的盆来……宋崇一下子捕捉住我这即兴动作,加以肯定并予以发挥。是啊,这种"手脚并用",是同辈中年人应付家务、公务时的生动写照。这一细节引起了在座同龄人的共鸣。正在我们议论的当儿,宋崇已在宣读据此做出调整的镜头分布方案了。从他集思广益的速度来看,他未必不是一位"手脚并用"的家长。

## 愿你闪光

宋崇常和孩子在一起讲故事、做游戏,难怪孩子们说:"导演有时比我们还小。"在拍完外景返回驻地的途中,孩子们联合起来可以把打盹的宋崇头发编成小辫子,而在摄影机前,宋导演却有显赫声威!正如他自己所说:"儿童是我师,儿童是我友。"他以一颗未泯的童心与儿童交往,精诚所至,金石为开,他从中汲取养料,丰富、完善了创作。

修改剧本中,勇于倾听不同意见;现场排练中,善于捕捉演员闪光点;日常生活中,乐于与群众共甘苦。难怪他的作品透出一股清新的神韵,其中辉映着集体智慧的光泽!无论戏拍得迟早,最后排队买饭的是他,外景地抢着搬运器械的也有他,选择居住条件最差的还是他……因此,这个战斗集体有良好的创作气氛绝非偶然,摄制组被评为全厂先进集体,导演的模范作用是不容忽视的。

# 难以割舍的情缘
## ——上影厂四号棚寻思

金秋,进上影厂发觉四号棚已被拆剩一片瓦砾,据说岁末将在这里打桩兴建起拥有三幢高楼的上海电影广场,不难想象,广场建成必将点缀徐汇城区的巍峨,为经济腾飞的大上海增添一份亮丽。然而,四号棚,作为上影人,我们与它总有一段难以割舍的情缘。

联想起自己初识四号棚是1959年初秋,年方二十的我揣着戏剧学院的毕业证书,带着对影剧事业的一腔热忱来报到了,团长张瑞芳热情接待了我,得悉我是共青团员后,她又风风火火领着我直奔四号棚。此棚外观英挺坚实,甚至有几分倨傲。走到棚门开处,我被震惊了:满堂《聂耳》舞榭歌台的布景令人如临实地!如此高大、宽阔的大棚几乎可以再造一个世界!团支书孙永平循声颠颠地从景片后跳将出来握住我的手,举行了简朴不过的"新兵入伍"仪式。从此,我与电影结缘,且将它作为从一而终的职业,与四号棚自然有了越来越多的接触。《51号兵站》中的伪巡防团司令部、大鸿运酒楼等重头戏大多在此棚所拍。20世纪60年代第一春,正值自然灾害期间,全组晨进暮出,以棚为家,不以为苦,互勉互助。我很快适应了水银灯下的劳作,甚至习惯了棚里散发的那股似霉似醇的特殊气息。当时设备先进的四号棚是全厂的宠儿,大场面非它莫属,排期经常爆满,它像个魔棚,不断变幻着天上人间的景色。工作之余,我会潜入棚内,领略《红楼梦》中的大观园、《小刀会》里的点春堂的风光,感受《阿诗玛》《蔓萝花》中的边寨风情,为拍摄缅甸歌舞搭建的那堂豪华水晶玻璃全景,至今回想起来仍宛若仙境……四号棚成了我心目中的风景线,一道道风景可以在此重现,一幕幕人生可以在此演绎,在这里,常会产生一种似梦似幻的感觉,让你相信,美梦可以成真。

20世纪60年代后期,在人妖莫辨的年代,四号棚不再用来艺术创造,而被异化,用来创造性地颠倒黑白、摧残人性,多少次"给出路"批斗大会在这里召开,多少令人发指的人间丑剧在这里上演!我再次被震惊,再次产生似梦似幻的感觉,当然,是噩梦。造反派还将写有我名字的标牌挂在四号棚北首的厕所内,"监督对象"四个字赫然在目,使我在相当长的一个阶段内与它保持天天见面的亲密联系,我为它洗刷污垢,也为自己擦拭着蒙蔽在心头的屈辱……

噩梦终成过去。十数年的蹉跎,虽然劫后余生,却青春不再,尽管对影视事业的初衷未改,毕竟今非昔比。鉴于种种原因,实景拍得多了,摄影棚使用少了。80年代拍摄《蓝色档案》大约就是我与它在大地复苏后的最后一次亲近。以后,当我途经此处,望着它日渐斑驳、衰颓的外貌,不由令我忆及它昔日的风光及这些年来给予我的感受,无论在此吮甘霖、酿苦酒,它终究是上影厂兴衰和上影人荣辱的见证啊!如今它别我们而去,心中难免惆怅。诚然,自1954年兴建,从《女篮五号》启棚至今,它已四十岁了,它为电影事业建树的功勋足以载入上影的史册,告老还乡也衣锦荣归了,何况结束旧我重塑新生令旧貌换新颜,更是值得人们欣羡的。作为人,说到底,是在做一次有限的单程旅行,自己在上影跋涉了三十六年,至今也无甚可圈可点的业绩,重塑辉煌更是回天乏力,自知一无财力,二无能力,病后更乏体力,因之以不变应万变,仍在艺海中游弋……如今四号棚拆建,旅程中似乎少了一个驿站,但,既然情未了梦难圆,心中驿站仍在,我将继续我的征程,纵使有几分凝重、苍凉……

      登载于1995年1月5日《上影信息》

# 迟来的"金凤凰"

2017年9月3日,青岛灵山湾畔星光璀璨,第十六届中国电影表演学会奖——金凤凰颁奖典礼在青岛西海岸新区灵山湾影视产业园举行。两年一度的电影界盛会,新老学会会长葛优、唐国强、于洋及谢芳、陶玉玲、段奕宏、张嘉译、黄渤、陈建斌、牛犇等百余位观众熟悉的演员出席仪式,共同见证学会奖、新人奖、特别荣誉奖和终身成就奖等九项大奖的诞生。

学会奖不同于金鸡、百花奖,不是由政府或观众评选产生,而是由电影人自己评选自己,因此更具有权威性、专业性和影响力,可谓"含金量"更高,也更为业内人士所重视。

盛典当晚,从祖国四面八方赶来与会的同仁们,在这光影之都欢聚,人人笑逐颜开。走红毯时,我与师妹祝希娟分在一组,在影迷的欢呼声中缓步前行,我与她同获"特别荣誉奖"。由于多种原因,获此殊荣的焦晃、刘子枫等共十三人中,只有雷恪生、袁玫、祝希娟和我四人上台受奖,以至于上台来颁奖的嘉宾张良、谢芳、马精武、杨静、许还山、刘诗兵、侯克明,居然多于领奖者。我是从于洋夫人杨静大姐手中接过金灿灿的奖杯的。"奔八"的人对这迟来的"金凤凰"自然喜不自胜,在获奖感言中我说:"表演是我一生热爱和追求的事业,获得这个奖杯,沉甸甸的，在今后的日子里我初心不改，仍愿为表演事业略尽绵薄，使我耄耋之年焕发青春的风采！"领奖之后，评委会特意安排三位获奖演员王馥荔、祝希娟和我演唱《电影歌曲串烧》。馥荔婀娜多姿、载歌载舞，在"花神"簇拥下一曲《花儿为什么这样红》一下子把观众的情绪点燃了。我手持话筒边走边唱着《年轻的心》："黄昏的风儿吹拂着脸庞，四处都飘散着醉人的芳香……"当我步下台阶融入一群伴舞的红衣女郎并一字排开，随着节奏左右摆动轻歌曼舞时，歌声几乎被台下一片欢呼声和掌声所淹没。乃至三人共同唱罢《九九艳阳天》，七号棚已是热浪爆棚了！事后，祝希娟告诉我，朋友们好评如潮，她笑称自己是"歪打正着"。是啊，王馥荔和我曾在1988年上海电视台"春晚"上演唱过《贺年歌》，也历时近三十年了，可对祝希娟，在上戏求学时从未听她开过嗓，她自嘲道："我这是把歌唱处女秀献给学会啦！"引起轰动的原因无非是大家都没有想到三个八十上下的老头老太那么精神、时尚，简直太"牛"了！大伙看后很受鼓舞，让他们对自己的明天充满了期待……更有甚者，散场时，曾任广电总局副局长的张丕民先生还特地握住我的手边祝贺边说："这个节目可以上春晚！"我半信半疑："真的？"他斩钉截铁地说："真的！"从影五十余载，也许在场的许多同行和观众还是第一次聆听我的歌声，难怪才会表现出意外的惊喜！

评委会对我的推荐语是："他塑造了各种类型的角色，不断体验和挖掘每个角色的思想、道德、情操的深度，尽心尽职地演好每一个作品。到现在精神状态依然意气风发。"

可以说，评委会最后这句评语正好印证了我当晚的表现。

我在第十六届"电影表演艺术学会奖"文集中写下的一段话，可以视作我获奖感言的后缀。


附：
表演是我一生热爱和追求的事业。我是学话剧表演出身的，在四年正规的学习中,自认为掌握了创作角色的基本方法。自从 1959 年秋由上海戏剧学院表演系毕业,参加电影拍摄以来,对于电影业界不排演、不按剧情顺序拍摄等诸多特性,也很快就适应了,最难跨越的是对生活的熟悉——尤其是对学生出身的我。此生有幸在银幕上扮演过五六个党的地下斗争工作者,每一个人物身份、性格、保护色皆不相同。《51 号兵站》(梁洪——帮会商人"小老大")、《蓝色档案》(李华——银行职员)、《小城春秋》(吴坚——学运领袖)、《瞬间》(石峰——飞机设计师)、《澳门往事》(周福——东方酒店老板)。要求我"同中求异",演出不同个性和独特的风貌来。1960 年,在拍摄处女作《51 号兵站》时,我年仅廿岁出头,尽管我使出浑身解数,案头工作做得细致精到,但在同一众资深前辈的对手戏中,不仅表演不生动,连一向对台词颇具自信的我,听来也自觉生硬、空洞……我很苦恼。幸亏剧作者张渭清(人物原型之一)循循善诱,他告诉我:在白色恐怖下开展工作的两大法宝,地下斗争依靠两个方面,党的观念和群众路线,看似抽象,其实是道出了我表演问题的症结,使我茅塞顿开,据此来审视和调整我的表演,连夜将梁洪在剧中所接触的人和事,详细地列了一张表,以图寻找准确的人物关系和鲜明的态度,连一个过场镜头也不放过。通过这技术性的操作,从中理出了头绪,像是攀缘着两根绳索逐渐向人物靠拢。

这个收获,不仅指导我一时,可说是受用终生,贯穿在以后对创造类似人物的实践中,时刻不忘以上述两点作为出发点和归宿。它使我懂得,演技绝非单纯的表演技巧,只有以生活为基础的表演,才是有根基的,才可能是真实的、鲜活的。

当然,除了扮演地下工作者以外,还演过其他诸多人物,作为演员,不囿于一种类型的人物而不能自拔。最大的挑战,莫过于在长影影片《东厂喋血》中扮演明代宦官魏忠贤,接受这个角色说明我对挣脱同一化人物的迫切性。在这次创作过程中,我尽量摆脱人物脸谱化,从史书中查阅到这个似忠似奸的人物不应是肤浅的,而应是口蜜腹剑、老奸巨猾的。故此，将所有锋芒毕露的台词，都改为语调平实或语涉双关的，在导演的授意下，我调动了对戏曲的积淀，增写了一场"庭审魏忠贤"的台词，以"苦肉计"博得熹宗皇帝的信任，更加凸显人物的狡猾和伪善。

遗憾的是，类似此等突破性的尝试为数不多。纵览其他一些电影作品（不包括电视连续剧）中仍以正面人物为主，如《白求恩大夫》（凌医生）、《小足球队》（教练吴安）、《沙漠驼铃》（助教范志杰）、《子夜》（旧军官雷鸣）、《闪光的彩球》（记者周玉明）、《绑票》（国军少校周森）、《都市刑警》（港商钱克强）、《微笑》（李医生）、《几度风雨几度愁》（舞蹈教练佟平）、《心曲》（林校长）等。

做过的另一种尝试，虽非电影，却与表演有关，暂且称之为"跨界之旅"吧。

20世纪90年代末的两三年间，我参加上海电视台海派情景电视连续剧《老娘舅》的拍摄，扮演大女婿、科技工作者刘益民，这是个描写市井生活，苦乐人生的长篇巨制，每集相对独立，自成篇章，以滑稽界演员为主，广邀沪上各剧种领军人物参与，地方特色明显，生活气息浓厚。当导演找到我时，我考虑，一是我喜剧演得少，可借此补上一课，二是全部沪语对白，对我掌握地方语言是个挑战，故此欣然接受了。在表演上，虽有台本，更多的是即兴的碰撞和真实的交流，一改以往习惯性的案头工作的严谨、表演略显拘谨的弊端，通过几年实践，向同剧组的前辈、精英、同行学习了不少喜剧表演的门道，受益匪浅。此剧播出后异常火爆，收视率连年居高不下，成为申城及长三角一带家喻户晓的热门剧目。

我是个对艺术创作十分认真的人，无论戏份多少，认真对待每个角色、每次艺术实践，怀着对艺术的敬畏之心，在前辈的提携和自身的努力下，砥砺前行。

但不是每次倾情付出，都能得到相应回报的，以2009年拍摄的封箱之作《澳门往事》为例，可以无愧地说，这是我从影以来最努力、演得最用心的一部戏了，但由于受经济条件制约，场景山寨化，对手戏演员不对手，一个人纵有三头六臂，终究孤掌难鸣，无力营造出真实的表演空间。此刻，我才懂得初出道时遇到如此精彩的剧本和如此强大的阵容，是何等的幸运！难怪当时有人说"戏保人，不红也难！"这时才真正领悟到一个人物的成功塑造，绝不可高估了个人的力量，我越发清醒地认识到是团队造就了自己。

有道是："功夫在诗外。"时代要求一名电影表演从业者拥有多种技艺，我长年涉猎文学、话剧、主持、戏曲、朗诵、歌唱等领域，提高综合素养是我一贯的追求，由于不仅是兴趣使然，故能持之以恒，对我的表演来说，如虎添翼。

退休后，我将主要精力投向深入社区、老年大学等公益性活动上，辅导表演、朗诵、举办各色讲座……保持了与社会联络，不致落伍，也大大丰富了自己的精神生活，故近几年来始终乐此不疲，虽已耄耋仍努力争取能成为一名接地气的、德艺双馨的文艺工作者，只要一息尚存，愿意继续为我挚爱的表演事业略尽绵薄。

第二辑 声音

## 清早听到公鸡叫

新年伊始,外孙女希希因邀请外婆和妈妈一起去宛南实验幼儿园参加迎新亲子活动,一路上显得特别兴奋。

舞龙表演之后是集体歌舞,第一句唱词是"清早听到公鸡叫,喔喔"。希希妈妈觉得好生耳熟,像是外公早年曾经唱过的,遂录了一段视频回家向我求证。果不其然,正是1983年3月我在中国唱片公司广州分公司录制的台湾校园歌曲《清晨》。看着画面中经过老师调教的一群四五岁的小朋友动静相谐,童趣盎然,侧脸跷脚,手掌伸展贴近口鼻做"喔喔"鸡叫状,稚气可掬,生动传神,忍不住笑出声来,他们使用的是女声合唱而不是我的版本,不禁想起这首歌的来历。

20世纪80年代初,我师从上海乐团男高音歌唱家刘明义,只要没有拍戏通告,每周五下午雷打不动地去他家上声乐课。我每次总比约定时间去得早些,因为老师有一大摞手抄的歌谱,里面中外歌曲一应俱全,简直是歌的海洋和"小金库",没轮到我上课时,我也学着老师亲笔抄录这些歌曲,《晨》就是从老师的歌本里"淘宝"发现的。刘老师笑嘻嘻地对我说:"你抢先了一步,这首歌是我新近找到的,原本就想介绍给你,很适合你唱!"确实,歌词清新隽永,且大众化:

清早听到公鸡叫（喔喔），推开窗门迎接晨曦到，
鸟语花香春光好（喔喔），今天想必有个艳阳照。
早晨空气真是好（喔喔），高高兴兴骑着单车跑，
奔驰在那晨雾道（喔喔），我们相约在那小木桥。
青青的草原对我笑，绿油油的秧苗在山脚，
葱葱的山林在身旁，白茫茫的云雾在山腰。
早起运动身体好（喔喔），身强体健智慧也增高，
奉劝大家要起早（喔喔），美好时光不要辜负了。

朗朗上口，且极富画面感，确实是一首健康的台湾校园歌曲，遗憾的是查不到词曲作者。当天的课就是在刘老师钢琴伴奏下试唱这首新歌，他辅导我说："起始句要口语化地'滑'出来，不要使劲，辅歌时的高音要控制好气息，节拍要唱足，渐弱才意犹未尽……"当天，我如获至宝拿去找最初扶持我涉足歌坛的上海芭蕾舞团的乐队指挥屠巴海配器，不久就在静安体育馆演唱了，果然一唱就红，很快晋升为我的保留曲目。后来，中唱公司将此歌作为我歌曲专辑的主打歌，印制在出版盒带的封面上，为了避免听觉上的歧义，我将歌名改为《清晨》，词曲佚名，配器金友中，盒带于1983年国庆节面世。

磁带出版后，销量直线上升，中央人民广播电台出版的《广播歌选》找到我，于1984年7、8两期连续刊登了我演唱的《清晨》《南屏晚钟》《本事》等歌曲的简谱，说明广大歌迷十分钟爱这些歌曲。

有趣的是，一次去北方出差，当年外出大多选择铁路。为了不受干扰，能更主动地休息，特地买了上铺票。不料次日清晨五点半，安装在我床头的高分贝扩音喇叭骤然响起歌声，我蒙上被子暗自骂道："可恶！谁唱的歌，让人不得安生！"顺手关了开关，不料两边车厢传来的歌声越发立体清晰："清早听到公鸡叫，喔喔……"，"元凶"居然是本尊，还有什么话说。也难怪，歌词中明明唱到"奉劝大家要起早"嘛，此歌俨然成了

火车上的"morning call"了！说起此事，可谓是不少同时代人的集体记忆，可见此歌在 20 世纪 80 年代是非常走红的！

转瞬三十多年过去了，沧海桑田，国情巨变，这首来自宝岛的歌曲具有顽强的生命力，如今又被改编成童谣及儿歌在孙辈中流传。固然，对眼下都市中难闻鸡鸣的孩子，感受歌中的田园风光未尝不可，但这现象仍令人喜忧参半。恕我孤陋寡闻，据我所知，眼下可以提供给幼儿甚至少男少女演唱的歌曲真可谓凤毛麟角，难怪有些半大不小的孩子唱着《对你爱不完》《热情的沙漠》之类的成人情歌，无知者无罪。问题是我们的儿童音乐工作者在哪儿？我们的作曲家们呢？何时才能与时俱进地谱写出一批顺应新时代的新儿歌来？

# 我的戏曲情结

2006年3月,东方电视台《戏曲大舞台》栏目做了一期我的个人专辑:除了首尾两首是歌曲(《南屏晚钟》和《年轻的心》)之外,我演唱了京剧、沪剧、越剧、黄梅戏和评弹。专辑播放后,从收视率和信息反馈表明,观众是欢迎的,不少朋友还戏称我为"六项全能",并饶有兴趣地询问:"如何才能多才多艺?"

记得孙道临老师在晚年"健忘"时,我曾将这部"专辑"的碟片赠送给他。他看后忍不住问:"你怎么会那么多才艺啊?"

这还得从我的"戏曲情结"说起。

也许是天赋使然,我从小就对声音有一定的敏感,无论歌或戏,一概接受。受家庭熏陶,小小年纪我就能歌善唱,尤其是看戏归来,兴起时会对照"大戏考"模仿上一段。留声机里放什么流行歌曲,我会旋低音量,抢过来唱个不停,俨然眼下的"麦霸"——惜乎当年,卡拉OK尚未问世。但这些小打小闹只是在家里自娱自乐,一旦父母带我参加朋友派对,想让我小露身手时,我则无论怎样死拉硬拽,就是不肯在陌生人前亮相上台。大人屡遭扫兴后,一致认定我"不出趟",是个只会在家称王称霸的主儿,没啥大出息。

随着年龄的增长,我对声音的辨识也日趋多元化,贪婪地在传统戏曲的长河中扑腾嬉水,无论什么剧种我都兴致勃勃,趋之若鹜。中学时代,我就看过梅兰芳、程砚秋、尚小云、马连良、谭富英、裘盛戎、杨宝森、张君秋、张云溪、姜妙香等名家的京剧。当时演出市场火爆,每晚都有好戏登场。我按图索骥,课后赶去总能买上票。当年的票价不似如今动辄上百上千,贵得令人咋舌,拒人于门外,而是大众尚能接受,我等穷学生自然是后座的常客。就算赶上有个头疼脑热,一进剧场,锣鼓家什一敲,我顿时精神了,人物一出场,就更入戏了,浑身也舒泰了。其实,"以戏代药"并非我首创,偶见《松江府志》记载,名医秦景明为方知府诊病,携两名优伶同行,秦先不望闻问切,而让优伶演唱数曲,方知府听后心情好转,病况趋缓,秦此刻依断处方,药到病除,治愈了方知府的病。可见,看戏确实对一般病症是有特殊疗效的。故此,情绪好时看,情绪不好时也看,反正都有理由。其实理由只有一个:喜欢!马瑾凤的豫剧、筱舫的川剧、新凤霞的评剧、红线女的粤剧、梅兰珍的锡剧……凡是外地名角沪上献演,我很少错过。我是抱着"别人行万里路送戏上门,不看就亏了"的心态走入剧场的。再说,不论什么剧种,必有其绝活儿,总有生存下来的理由。最令"自我感动"的,莫过于那一次的"壮举"——基于我对戏曲的那份真情,我居然花了几个月积攒下来的零花钱两元六角,买了梅兰芳《宇宙锋》的前座票,当了一次精神贵族。票价虽贵,但我没有后悔,觉得物有所值,这次艺术盛宴令我没齿难忘。

　　对戏曲的爱好也连同一些往事保存了下来。20世纪50年代初,上海曾掀起一股"梁祝"热,十几个越剧团竞相跟风上演,盛况空前。倒不是我对越剧有强烈兴趣,我之所以会挨个儿去看,为的是在后置的"自设擂台"上让他们PK一番,比出个孰优孰劣来。记得当时父亲还邀请李蔷华、李薇华姐妹一同去欣赏。当时没有的士,几辆三轮车一字排开,李氏姊妹白皙而靓丽,雍容华贵地坐在车上,大大吸引了路人眼球。我跟在大人后面,也满面春风。进得剧场又是一阵骚动,宛若走红毯一样。蕾华阿姨知道我爱戏,还带我去过上海音乐厅附近的票房。我怕生,不敢开口,唱了一小段就下来了;她则一段接一段,旁若无人地唱个不停。直至很多年后,我在票房遇到她时,她依然嗜戏如命,嗓音不减当年!

我觉得对戏曲的爱好,绝非短期可速成,必须有一个浸润、发酵的过程。日积月累,由量变到质变,由表及里,沁入心灵腹地,在那里安营扎寨,由喜爱进化为酷爱,变作生活中甚至生命中不可或缺的部分。这种人才称得上是"戏迷"。

虽然我祖籍广东,严格地讲,应算上海人。有道是"一方水土养一方人",我从小喝黄浦江水长大,自然对沪剧有种本能的亲近,加之父亲喜听王盘声,故从小耳濡目染,早早地成为王盘声的追随者。我觉得沪剧淳朴、醇厚,带有浓郁的乡土气息,唱词直白得几近口语,声腔虽不繁复,唱出韵味却又很难。在中学时代,我被一个新人——袁滨忠的唱腔吸引。他在王派的基础上,根据自身高亢、甜糯的嗓音条件加以发展,开创了华丽飘逸的袁派唱腔。歌唱性大大增强,在传统的唱腔中犹如电光一闪,使人眼前一亮,听后觉得一震。当时我追着"爱华沪剧团"的戏看,把他和韩玉敏主演的戏几乎看了个遍。他的出现好比当下青年之喜爱周杰伦、陶喆,迅速风靡上海滩。而认识袁滨忠,却是在我拍戏之后的1961年。两个对艺术满怀憧憬的年轻人,很快寻求到了契合点,成为相互切磋、交流的艺坛净友。

"爱华"是民营剧团,演出日程排得很满,休息极少。曾记1963年我们上影剧团在"上海艺术剧场"演出话剧《年青的一代》,我与他恰巧扮演同一角色——林育生。看了他演的沪剧《年青的一代》后,一天,他突然来电说,今晚剧团临时停演,想来观摩我的演出。我当然十分高兴和欢迎。以往我只要一个电话过去,他总是把最好的座位留给我。不巧的是,当天票已售罄,仅有的几张保留票,亦被外事组悉数取走。我再三恳请票务帮忙,甚至动员朋友去门口等退票,皆未果。我万分歉意地对他说:"下次找机会一定弥补!"谁料几年后他死于非命,令人扼腕痛心,只能抱憾终生了。故此,2005年7月上海沪剧院茅善玉院长邀我参加《明星唱沪剧》时,我毫不犹豫地选择了袁氏代表作《苗家女儿》一折,借此怀念斯人,也表达对他这份难偿的遗憾之情。演出第一天,袁太郑威娥女士就到后台来了,彼此感慨良多,忆及当年在她家共进午餐的美好时日。后来沪剧界专门举办了一个怀念袁滨忠专场,袁太还致电诚邀我观摩,令人于悲戚中仍感受到一份真挚而恒久的情谊。鉴于此,在《戏剧大舞台》个人专辑中,我毅然选择《话别》一折,邀马莉莉共唱。

与马莉莉合唱沪剧由来已久。1980年,上海电视台举办春节联欢晚会,邀我俩唱过《庵堂相会》,此后又在不同的场合演唱过。正式在电视剧中合作始于1998年,沪语系列情景喜剧《老娘舅》的导演王辉荃,选中我们串演一对中年夫妻。王导将影视、话剧以及各剧种的演艺人士与滑稽演员共烩一炉,为的是相互碰撞,产生化合作用,烹饪出更独特的精神美食。于是我与马莉莉有了相当长一个阶段的艺术交流实践,她已成为我在沪剧界中相交颇深的知己。此外,我与孙徐春、徐伯涛、徐俊、朱俭等都相熟,以艺结友素为文艺界优良传统,对丰富彼此演艺无疑是互有裨益的。

自从"上海春晚"播出了我和马莉莉演唱的《问叔叔》选段后,引起了戏迷和行家的关注。一天,老同学杨在葆找到我说:"波儿,你有兴趣演沪剧吗?"我望而未答。他继续说:"他们想重排经典名剧《碧落黄泉》,想请你去客串,你演前半场、王盘声演后半场汪志超,打算重新制作布景、服装。你有兴趣吗?"我当时正期待着能拍更多的影片,对此提议未予考虑。现在回想起来,错过了一段与沪剧的因缘。

京剧《红娘》中的《传柬》,则是1980年经上海电视台李美娣引荐,我初识淮阴京剧团团长宋长荣先生。言谈中,当他获悉我早些年曾在"丽都大戏院"看过他首次来沪的"处女秀"时,甚感惊讶。我告诉他,当时印象深刻得连对他的宣传词都犹在耳边——"一颗自学成才的、埋在乡间沃土下的夜明珠!"闻后他大笑,当下决定合作一把,选择了他红遍上海,赞誉为"活红娘"的《红娘》一折。我演张生,他演红娘,连说带唱教了我两次就进棚录像了。片段播放后反响不俗,遗憾的是受当时技术条件制约,刻录于大盘上,年限久远未予保存。故此时隔二十六年,我向总导演汪灏提及此事,希望重演,并提出拟邀时年七十二岁的宋长荣莅沪"旧景重现"时,汪导表示可以一试。我内心相信,只要健康情况许可,宋老是会应允的,我了解他不仅戏好,还是个助人为乐、宅心仁厚之人。当年他奋力撑起淮阴京剧团扬眉吐气,但他未因此以功臣自居、一枝独秀,而是与全团荣辱与共、同甘共苦。犹记来沪献演正值隆冬,团员个个身着簇新呢大衣示人,就是宋团长的举措。果不出所料,邀约发出后几日,便得到回复:"欣然前往,乐于奉陪,还随携两套行头以供挑选。"老友重逢自然异常兴奋,录像时他又唱又念,满台生辉。受囿于时间,导演将他唱段割爱,仅留下两人白口以及身段,十分可惜。

说起京剧,不得不提及影坛多面手程之先生。其父程君谋就是红极一时的名票,程之秉承乃父天赋,十一岁时就灌录过唱片《聚果园》,从小就有"小大花脸"的雅号。20世纪80年代,我们经常一起外出走穴,他曾亲授我学唱言(菊朋)派。一次在海盐演出后的深夜,还特将用简谱标注的《让徐州》唱段誊写得清清楚楚,送来我房间,令我好生感动。其实,在电影界,赵丹、舒适和岑范等都是京剧戏迷,程之更是出类拔萃,京剧与评弹皆为专业水准。老一辈电影艺术家不但戏曲造诣很深,且决无门户之见。程之曾说:"阿丹(赵丹)对尹桂芳扮演的屈原佩服得五体投地,他想不到一个越剧女伶竟将一位战国的政治家、文学家、哲学家演绎得如此传神!"前不久遇见京剧大家尚长荣,说起他排练《廉吏于成龙》的往事;开排之前,他提议剧组观摩赵丹主演的《林则徐》和李默然主演的《甲午风云》。可见,艺术家都惺惺相惜,各剧种间互为学习和借鉴是至关重要的。

20世纪80年代，我在上海人民广播电台举办的星期广播音乐会上，以西洋配器的管弦乐队伴奏演唱过黄梅戏《槐荫开口把话提》。当时只是一小段，如今有了同门师妹李炳淑以及东视主持人张民权的配合，扩容后更加完整且精彩。评弹《杜十娘》则是20世纪60年代初，由周介安亲授，这次对照秦建国的版本重新纠正过。

完全陌生、毫无听觉视像的，是越剧《送花楼会》。栏目编导认为节目播放覆盖江浙，堪称全国五大剧种之一的越剧不可或缺。我颇为难，因从未实践过，但答应一试。不料次日快递送来CD光盘，对照唱词听后，一下子唤醒了我对陆锦花的回忆。年少时，我曾多次看过她与张云霞共演的《白蛇传》等戏。尽管这出《双珠凤》未观赏过，但对陆派唱腔还是有印象的。所以关在家里苦学三天，居然攻克了唱的部分，还有几分"陆味"。正当我信心陡增时，却得知这一段是唱做俱重、载歌载舞的！彼时已无退路，因为第二天就要实录。辅导老师王佩珍劝慰我道："不要急，我尽量让你少动，做减法，能站在台上唱下来就不错了，观众会原谅你的，知道你是电影演员……"最后这句话倒触动了我，我不企求获得观众的原宥，我觉得这正好是纠正观众对电影演员只会眉来眼去、摆摆花架子的"客里空"误读的契机。我说："王老师，不要做减法，做加法，你教吧，我能学！"她信疑参半地教了我几个招式，我立马掌握。她见我接受能力还行，遂又抖落了几处，这时反倒是我安慰她："你把全部身段都教给我吧，我学过点昆曲，水袖和圆场都懂一些。"至此，她释然了，将全部身段和盘托出，最后还增添了定格的造型动作，大约算是做乘法了吧。实录第一遍，几处细节未掌控好。第二遍时我进入状态，身眼手法步步到位，一气呵成。录罢，只见王老师在台下使劲鼓掌，我握住她的手向她致谢说："我这叫六十岁学吹打！"她连声说："没想到，没想到！"高兴得像个孩子似的。其实我心里也甭提有多高兴，因为它验证了我深埋于心田的戏曲种子并未枯死，一遇阳光雨露，还会复苏、发芽、抽穗、开花……节目播出后，越迷们反应强烈，网上跟帖者赞誉有加,片段还被安排在纪念越剧百年的专题晚会上播放。一不留神,我竟成了高龄"越剧新秀"!

录制专辑花了三个半天,累积起来也抵不过一个白昼,但却有把我戏曲内存一次掏空的感觉,可见我对博大精深的戏曲艺术仅仅了解了一些皮毛。在录毕归家途中,一股莫名的涟漪在心中荡漾开来。不知为什么会回忆起十多年前,我命若游丝在重症监护室的一幕:那是我经历了危情四十二天后,刚被拔去鼻饲管和胃管等管道后,与汤耀卿主任的对话。

"插了那么久的管子,对咽喉和食道肯定有影响。那么对讲话呢?"我问。因为一个时期来,受管道阻挠,我发音含混,医护人员难以辨听。

"不会有什么影响。"

"对嗓音呢?"

"也不会。"

"那——以后还能唱吗?"这才是我问话的真正目的。

汤医生沉吟了一会,安慰我说:"既然可以讲话,我想唱应该也不成问题。"其实他是怕伤害我才这么说的,因为一切都充满变数,谁也无法确定。而我,却像中了六合彩一样高兴!我出院之后,汤医生才告诉我:"由于你当时病情恶化迅速,几乎差一点要为你切开气管,我们当时还郑重研究过从何处下手可使伤口更隐蔽一些,以便于你一旦痊愈,继续从事演艺事业,不至于太显眼。所幸没有走到这一步,你真是吉人天相啊!"

感谢上天对我的眷顾。是啊,所以当生命重新附体的时候,我要用歌声来表达对社会、朋友和家人的感恩之心,来表达我重扬生命风帆的喜悦之情!

现在我做到了——《戏剧大舞台》为我构筑了一个平台,让我公开答谢的企盼如愿以偿。尤其令人高兴的是,蒙上苍保佑,嗓音未因重创而失却原有的光泽。要知道,这是一个在灾难中想唱不敢唱、在病痛里欲唱不能唱的人,经历了精神和肉体的双重历练后,所迸发的声音啊！"嗓音依旧,神采依旧"就是观众对我的最高褒奖。

《游园惊梦》中杜丽娘曰:"不进园林,怎知春色如许?"我只能算是个探身向园林的频频观望者,已感受到撩人的春色！事实上,在我以往的艺术实践中,拍摄的影视剧如《浣纱女的传说》《杨贵妃之谜》《东厂喋血》和《东坡三养》等,无不受惠于戏曲,尤其戏曲唱词中的文学性,早已渗入血脉,滋润并丰富着我的文化底蕴。尽管影视表演与戏曲外在程式有所不同,但潜在的内心锣鼓经并无二致。多元艺术样式的融会贯通,只会使你驰骋于更广阔的空间。

所以我想提醒业界的后起之秀们,尽管你们今天从事艺术工作的条件与我们当初有霄壤之别,但我奉劝诸位在文艺领域中不要偏食,不要拒绝传统。世上除了流行音乐、R&B、RAP、街舞,还有许多优秀的文艺样式有待学习、借鉴。我不相信天才,但我确信勤奋,"三分天分七分努力"已是满打满算了,真正要获得成功,全在于后天的努力。"一夜成名"是天方夜谭式的蛊惑人心的神话,充其量是做一颗划过天际的流星而已,而要成为受众承认的艺术家,绝不可能一蹴而就。

我特别欣赏一句格言——学海无涯苦作舟。只要你付出、你耕耘,迟早会有回报、有收获。关键在于平时要做有心人,多听多看,多探索多积累,聚沙成塔,集腋成裘。道理其实十分浅显:如同银行里没有存款,不可能随用随取,蓄水池没有贮存,不可能流出汩汩清泉一样。应该拒绝的倒是功利,急功近利只会使人心浮气躁、目光短浅、浅尝辄止、不思进取,实在是从艺者的大敌！这应该不算是"多余的话"吧。

## 叙述般歌唱

说罢"戏曲情结",必须紧接着说"歌唱追求"了。在媒体对我的介绍中,往往有这样的描述:"梁波罗还是新中国电影演员出版歌曲专辑第一人,他演唱的《南屏晚钟》《卖汤圆》《清晨》《草原之夜》等歌曲至今人们仍记忆犹新。"为此,还闹出个不大不小的笑话。

1985年,我随孙道临率领的中国电影明星艺术团出访新加坡,由于我的歌曲专辑早已在新发行并播放,故此等我们抵新时,看到街头的宣传资料上,居然介绍我是毕业于上海音乐学院。后经查询才搞清楚,对方以为我们电传有误,特将"上戏"改为"上音"的。

提起歌唱,还得回到20世纪50年代中期。我在"上戏"表演系求学时,就开始接受正规的声乐训练。但那时我只是个声乐艺术的爱好者,而不是热烈的追随者,心想自己是学话剧的,对声乐不必过多涉猎,费神深求。而执教的吕铸洪老师却对我怀有厚爱,认为我这方面天资不宜浪费,而应有所发挥。俟我毕业后进入"上影",演了电影之后,他郑重地约我去他胶州路的家,制定了"互教互学"的计划——他教我发声,我教他朗诵。其实,那只是吕老师的教学策略罢了,他是用循循善诱的科学方法,助我在音乐上长进。由于我在电影界得到老一辈艺术家们的指点,在朗诵上追求语言的音乐性,他对此大加赞赏,往往让我念一句,继之唱一句——他是引导我,以朗诵的正确发声和气息来指导歌唱啊!吕老师的苦心孤诣使我深受感动,在他逝世前,我延续了一个阶段的歌唱业余训练。可以说,这正是我以后所探索的"歌唱般叙述,叙述般歌唱"的萌芽阶段。

当我欲振翅翱翔时,风暴袭来,无人幸免。在万马齐喑的那些年里,我手持羊鞭在东海海滨放牧,尽管心如注铅般沉重,却未失去我对艺术的挚爱。每天熬着苦日,但面对湛蓝的天、翠绿的草,我唯有借助歌声来宣泄心中的愤懑,抒发心底的憧憬。为了不遭人非议,我唱遍了样板戏唱段,一遍又一遍,一天又一天,从中检查发声、音准、气息……虽然听众是羊群,但我为自己找到一种抗暴与练声相结合的方法而暗自庆幸,是歌声伴随我度过了那一段苦涩的日子。

终于盼来了春回大地,我重又活跃在文艺战线上,辗转拍片于大江南北。不单在银幕上,我还全面出击,在舞台上朗诵、主持、演话剧……乃至对广播剧、散文和诗歌等不同文艺样式,一一涉足。还别说,真是受到了空前的欢迎。当时,我并没有认真想过"何以广受欢迎?"的缘由,后来才梳理出两个原因:第一,当然是知名度,加之电影演员"跨界客串"的新鲜感;第二,我的艺术特色,也就是发掘语言的韵律,让朗诵充满音乐性,即我在艺术实践中逐渐形成的"歌唱般叙述"风格——正如前述,这最早得益于吕老师的开导。

有一次,一位叫凯文的美裔华人不无感叹地对我说,在海外(包括中国的港台地区)演艺界,很多演员都是"多栖"的,演戏、唱歌、主持等无所不能,而大陆演员好像显得不够多才多艺,不要说影视剧中的主题曲或插曲没有听到由哪位电影演员演唱,有的演员甚至连台词都需要请高手代劳,后期靠别人配音……显然,才艺不够,才需要"越俎代庖"。他还问我,大陆观众对此怎么看?我实话实说,对这些现象,国内观众同样反感。不过,话虽这么说,我转而一想:若片中有插曲乃至主题曲,我自己敢唱吗？能唱好吗？想到这，不禁默然。随之又进一步想到：难道海外的明星是一蹴而就的超人？肯定是因为他们敢于尝试和实践，才会练出一身超强武艺。关键在于实践！

基于此想法，我开始对歌唱跃跃欲试。有一次，机会来了——那是1979年的春节联欢会，原本晚会上有康泰的歌曲演唱，不料他突发心脏病，一时不能登台演唱了。同仁们就鼓励我说，你平常哼哼唧唧的，今天要不上台献上一曲？于是赶鸭子上架，我现学现卖地唱了一首《卖汤圆》，居然反响不错，就这样迈出了第一步。

受此鼓舞，一时间，我的生活里充满了音乐。每天骑着自行车进进出出，是我默念歌词、熟悉旋律的最佳时光，甚至在做家务时，都必须要有音乐做伴，可以说生活是被音乐包围着。

在一次万体馆的演出中，我又与男高音歌唱家刘明义交上了朋友。为了提高歌唱技艺，我提出向他学习声乐，他欣然答应。好在面对我这样的"高龄特殊学生"，他不是按部就班地教学，而是因材施教地发掘我的特长。所谓"叙述般歌唱"，正是在当时一点一点琢磨出来的——虽然当时不是这么明确概括，但刘明义老师注重我的"轻松随意"与"重在意蕴"，实际上是扬长避短的高招。由此，我的自信心大增。

之后，在拍摄《子夜》之余，我参加了上海歌剧院、上海电影乐团、上海芭蕾舞团举办的音乐会。我深知自己不是职业歌手，必须唱出自己的特点和风格。我要求自己在演唱中声音松弛、吐字清晰、情绪真切，着意在抒情上下功夫，我牢记吕老师和刘老师的教诲，以情带声，以声传情，追求"叙述般歌唱"。果不其然，效果甚好，观众反响热烈。一时间，让我自信爆棚。

最值得一提的应该是半年后的"中秋卖汤圆"了。那是上海电视台第一次直播"中秋文艺晚会"，记得是著名京剧演员李玉茹的女儿李莉担任晚会导演。那是一台在丁香花园录制的晚会。那天，我在主持晚会之余，在湖畔石桥上，面对着电视观众，第一次亮出了我的歌声。出人意料的是,晚会播出后,大街小巷一夜之间全在议论《卖汤圆》,观众反响超乎寻常地热烈,信件和电话纷至沓来。李莉见了我说,晚会的反响倒不见得大,就光"红"了你的《卖汤圆》——不但歌红了,你人也红了!

由此,我一发而不可收。电视的作用好生了得,我的"歌手形象"一下子广为人知。那年头,我一下子成了大忙人。在电视屏幕上,作为嘉宾主持,与上海电视台著名女主持小辰多次合作主持晚会,又与电视台著名主持人陈燕华合作主持了"群星璀璨大型歌会",演唱者全是当时顶级的歌唱名家。我还和红极一时、当时初登歌坛的流行歌星沈小岑一起"拼档"开演唱会,在静安体育馆连演十八场,场场爆满。

记得为了形式出新,我还巧妙发挥自己的文学特长,用诗化的语言作为串联词,如演唱《外婆的澎湖湾》之前,我会说:"澎湖湾,是在台湾地区的一个小岛,风光明媚。在这个小岛上,住着一位年轻人和他的外婆,有一天,外婆生日……"此时,前奏的旋律响起,在乐声中,我继续说:"年轻人唱了一首歌送给外婆,这就是《外婆的澎湖湾》……"正好进入歌唱。观众开始以为我是在朗诵,可到了最后一句,很自然地引出下一首歌名,打破了数十年来"请听下一首歌"的报幕传统,观众反响甚好……1983年,我应中国唱片公司广州分公司邀约,录制了第一盒歌曲专辑。之后,云南音像出版社和白天鹅音像出版社分别为我出版了歌曲专辑。直到现在,还有很多人如数家珍地对我说,你唱的《草原之夜》和《南屏晚钟》,特别是那首《卖汤圆》太令人难忘了。看来,我的歌唱才艺获得了大家的认可。

当然,有此成绩,除了一定的天赋外,我的"自我找茬"也功不可没。好长一段时间里,我每天听音乐练演唱,把自己的唱段录下来反反复复地听。尤其是演唱会时节,我会要求录音师大春每天帮我录下来。不管别人怎么说好,我都要一遍遍地听,自我审视找毛病,第二天有所改进。值得一提的是,我的"不务正业",上影剧团并不阻挠,而是乐观其成,给予支持。当然也有人说,因为拍戏不来钱,唱歌来钱,所以我钟情唱歌。其实哪里是这么回事！我的这种客串，根本就不是奔着钱去的。就说录专辑这样的好事，据说发行不错，几次再版，又是胶木，又是盒带，又是密纹，给团里交了劳务后，到手的也就只有六百四十元。爱胡乱评说者自由他评说，我照演我的戏，照唱我的歌，我懂得"只争朝夕"的含义。

我体会到，处理一首歌，其实与演一个角色，从主题的表达、情绪的转换、风格的掌握，都有许多互通之处，是可以互为借鉴的。我觉得对一个演员来说，艺多不压身嘛！

为了写作这本书，我兜底翻出了一封沈阳观众的来信。那是我随上海芭蕾舞团到东北巡回演出，我的演唱获得了沈阳观众的热情鼓励，短短几天中收到一些来信，署名"晓光"的信是其中最深情的一封。他写道："说实话，未听歌之前，我以为不过是影星逢场作戏而已。但从第一曲《我多想摘下一片白云》开始，我被你富有魅力的歌声吸引，之后《草原之夜》《清晨》《卖汤圆》等六七首风格各异的歌，你处理得声情并茂，使我逐渐领悟了你在歌唱方面的才华。待你唱罢《北国之春》，我的掌是为一名新涌现的歌手而鼓的了——虽然你自谦是业余的——确实，你不似某些歌唱家发声部位来得高，那么强调头腔共鸣，但你情真意切，你根据不同曲目，迅速投入规定情境，'未成曲调先有情'，很快引领观众进入歌的意境，这却非每个歌唱家都能达到的。在获得这次意外的艺术享受后，我萌生一问：你是怎样登上歌坛的？这正是我冒昧写信给你的原因。"信中的溢美之辞让我受之有愧，但他对我的"叙述般歌唱"总结得头头是道，确实是发自内心。这是对我莫大的鼓励和鞭策。

有了歌迷的鼓励和鞭策，我在歌坛的大道上一路高歌猛进。我不认为这是"玩票"，而将它视作演艺事业的组成部分。我曾应邀演唱过不少原创歌曲。如作曲家刘雁西的《小纽扣》以及她为电视剧谱写的插曲和为某广播电台创作的抒情歌曲。与朱彩玲一起演唱过作曲家徐坚强为电视剧《案中案》创作的男女声二重唱《为了你》（在该剧中我也扮演一个角色)。上影乐团杨辰之创作的《湖畔夜色》颇具昆曲元素,据说他们找专业歌手录过几个版本,反而是我唱的更有韵味,此曲后来收进了我的个人专辑……

　　由于名声在外,一不小心我竟成为一时唱将。但我头脑清醒,始终遵循笨鸟先飞的原则,拿到曲谱先是浅吟低唱,琢磨意蕴,然后才敢进棚录音,不满意的片段再行补录。不过现场演出就不一样了,没有"重复键",因此非要排练得滚瓜烂熟才敢面对观众。别人合乐确定调性后唱个头尾,我合乐从头到尾不算,往往还要抠出几段重点打磨。回忆演唱生涯仅有一次例外,那次演出真是触目惊心,至今想来依然心有余悸。那是我第一次面对全国观众演唱。1983年4月11日晚,由《电视文艺》《中国广播电视》《电视周报》联合主办的"第三届全国优秀电视剧飞天金像奖颁奖暨文艺晚会"在北京首都体育场隆重举行,我代表电视剧《人之初》剧组受领了飞天奖。此刻我的心情既兴奋又紧张,与其说是因为获奖,不如说是因为颁奖后我将在这里的演唱……

　　4月上旬,我刚从中国唱片公司广州分公司录制完一盒独唱专辑,返回上海,上影电视部张雪村通知我火速赶赴北京领奖并演出。发布的消息中,晚会演唱名单里有德德玛、成方圆和郑绪岚等歌坛大腕。意想不到的是,演唱名单中还赫然写着我的名字,况且届时中央电视台还将向全国直播!由于联系工作的失误,大会会务组并未为我安排伴奏乐队——当年尚未流行伴奏带,都是乐队伴奏现场演唱的。我虽总谱、分谱在握,但没有乐队,一时也傻了眼。怎么办?有关领导当机立断,确定了一个应急方案:由参加晚会的三个乐团各抽调部分乐师,临时组成"三合一乐队"为我伴奏!

　　4月11日黄昏,我提前来到现场,当"三合一乐队"摊开乐谱,已过了18:00,离演出只有四十五分钟了。我们迅速将选定的四首歌曲合了一遍。由于对乐曲生疏,配合自然不够默契,鼓点打得有些迟疑,尤其是伦巴节奏的印尼歌曲《卖木瓜》,应有的风格有点找不着北……没等合完第二遍,观众如潮水般涌了进来,我们只得退到后台。此刻,我的心像鼓点在敲击,七上八下。

获奖代表起立,迈步上台,我亦步亦趋。记得那天主持人是马季和姜昆,他们妙语连珠,观众情绪热烈。此时的我,尽管脸上微笑着,心中却忐忑不安,满脑子想着此后的演唱。然后,我把奖状交给同伴,回到后台休息室,始觉饥肠辘辘。掰开面包正欲进食,忽传来《卖木瓜》的小提琴齐奏声。我蓦地起身,循声走向休息大厅,但见中央乐团弦乐组正将乐谱摊于桌面,围成圈,配合着东方歌舞团女鼓手小许在打点。小许可是乐队的灵魂人物啊,她的鼓点打在桌面上,也打进了我的心坎里。我丢下面包,挤在他们中间轻声哼唱了起来。一连合了三遍,鼓点由迟疑而逐渐坚定。此刻,另一头又飘来《卖木瓜》的管乐旋律——那是中央民族乐团的乐手们在抓紧上台前的练习。霎时,我被他们"救场如救火"的精神所感动。这里没有地域和团体的界限,有的是协作的精神和对音乐的态度……

不容多想,舞台监督催促我候场了,我的演唱被安排在肖雄的朗诵后面。姜昆正以他幽默的"脱口秀"介绍着我,我发觉此刻紧张的心已被兴奋所替代,胸中涌动着自信的鼓点。我从容地走到话筒前,面对观众,道出了此时此刻的感受,作为"暖场"。随后,我把《清晨》《卖汤圆》和《卖木瓜》等四首歌一一演唱了,唱得特别专注,格外动情。现场观众的热情排山倒海、山呼海啸,激发得临时乐队有如神助,不但配合默契,而且严丝合缝,显示出他们的功力。这哪里像"临危救场",简直像"长期搭档"!

这是我第一次面对全国观众的演唱,歌声飘荡在"首体"上空,通过电视,传向祖国的四面八方……也许,很多观众了解我的歌唱,就从那儿开始的吧?

# 追求有魂的声音

朗诵的必要性和重要性，不言而喻。朗诵并不借助任何道具，我们却都愿意通过诵读，以检验情感、语感和心跳的协调，并倾听即时的反馈。也就是说，这是从心到心的传递，从感动到感动的传递，所以我会在朗诵中感动听众，首先却可能是感动自己。前几天，我在以秦怡老师美丽人生为主题的活动中朗诵了一首诗，之后就收到了听众的"来信"，在手机短信里说："细诉时细诉，停顿时停顿，爆发时爆发……伴着陈钢老师的《时光倒退七十年》（钢琴伴奏），我的耳朵醉了。"这种醉了的感觉，其实我也每每体会到，那就是从感动到感动的传递吧？

"叙述般的歌唱"与"歌唱般的叙述"的融合，可能是我的终极艺术目标。说现在我已付出了很大的努力，这话对，但至于说达成目标，我也只能说"欠奉"或"还在路上"了。

在此说一个插曲，年轻时，我朗诵闻捷的《白海鸥之歌》时，第一次采用了钢琴伴奏的形式，据说这样的方式，在 1960 年可能算是首创。虽因此招来了一些非议，却在舞台上保留了这个"两结合"，后来延展为更多"结合"的方式，我以为做这种尝试是很值得的。在钢琴伴奏中，朗诵可委婉悠长，可意味深长。只要平心静气地把握内容，紧要关头却不放松一个字、一个停顿,所谓从容不迫、相得益彰是也。就像琴声自己能在纸上跳跃,忙里有闲,闲中又有忙,有声,但不同声,错落着,却又有色了。

而今的朗诵节目,我看了一些,也参与过很多次。朗读非创作,重要的不是如何拍摄和制作,而是要对文字中的情感表达进行研究,甚至要研究人心乃至万事万物。节目成功与否或取决于此。作为一名朗读者,如果你不熟悉不了解文字,不进入到文字设置的情境当中去,怎么去解读传递呢?一千个读者眼中有一千个哈姆雷特。你的哈姆雷特跟别人的解读有什么差异性呢?人们为什么要选择欣赏你的朗读呢?

从喜欢朗读开始一直到现在,我养成了一个习惯,查字典,包里备了一本。还查四声,如果一字的声调念错,那是硬伤。现在还学会了搜网,看看作者是在什么情况下写的——有时查不到,但必须走这个程序,甚至已成为我下意识的行动。有作者曾撰文评价,说这是对作品的"二度创作"。我认为这样的工作大可尽量详细,我得尽量多了解文本背后的东西,才能铺垫更多心理的东西,才可以缝合不同的情境,适应不同的文本叙述和不同的感情表达。我还给自己确立一个原则:透过书籍看人生、看命运,不能仅仅停留在表演技艺层面。技艺当然要表现,但是主要的关注点在人上,尤其在心。把文字念活了,人也就活了。

朗诵也许是为了证明我在这世界上,还在坐车、跑步、起卧,还在和鸟儿交流,和山水对看,和风雨对抗……我到社区做了很多年公益朗读,不一定要有很好的音响设备,或许就在春天的风里,就在夏日的树影下,我却以为这未必不是一个朗诵者的好环境。有时候,你会觉得没有舞台的朗诵就像讲述故事和展示生活的混合体,这种与听众息息相关的感觉,其实很不错。

朗诵确实有很多派别。有个说法,北方是诵,南方是吟,甚至还有咆哮派之说,但也不能一概而论,北方也有宁静抒情这一路的,南方也有激情澎湃风格的。我就算是"吟派"的吧,走内心路线的。但这个

"吟",不是只沉浸于自我、自吟自叹式的,而是能够与人分享的,仿佛内心展示,逐渐变化,有时复沓与强化……我从来不吼叫,一气出来可以低沉,再刹住,紧了,松了,韵律感就有了,就像我追求的人生境界。从文体上说,节奏也该是诗与歌的本源和核心之一。朗诵者之间的区别,可能是走心不走心、理解不理解、有感染力没感染力的区别。

　　每次一点点的创新努力,就是我们对朗诵要做的事。不然,听众的感受,和过去听带子、读一本旧书有什么不同呢?或者和录读一首耳熟能详的诗,有什么区别?这样的自我要求,不就等于海明威说的"太阳每天都是新的",不就是给自己出了个难题吗?这就要求我们多做些声音写意而不是写实的作品,不是一个字一个字把声音那么生硬地"敲"出来,而是要把听众带入到特定的气氛乃至气息当中去。

　　最安静的声音,或者说最不阔大豪迈的声音,却可能是最成熟的。有时中间有停顿,可那并不是无声,而是另一种有声,甚至是更有力的声音。在寂静中可以"爆响"全场所有的耳朵……所以在声音处理中,也常常会要这样那样的"花招",可毕竟在朗诵表演中已远远不止这一个"花招"了,比如在破题时拉长字词有不太均衡的部分,这样的结构法,往往会引起听众一瞬间的高度关注。用了这么多手段,我们最终的取向,还是要走进人物的内心世界,释放情感和思想,让一个个活生生的灵魂呈现出来。有魂了,最后出来的声音,一定会是不一样的!

# 盘旋于语言艺术的广袤天空

自1957年4月1日上海电影译制片厂成立迄今,已走过六十个年头。近年来,不少观众撰文缅怀那些萦绕于几代人耳际的配音大家,赞颂健在的、硕果仅存的好声音,令人无限感慨。

我也是个痴迷语言艺术的人,还得从1955年我进入上海戏剧学院说起。也许受家庭熏陶,从小未见南方同学惯有的前后鼻音混淆、翘舌困难等弊病,由于我对台词课的认真,不久被学友们推选为台词课代表,在朱铭仙、张仪静老师的指点下,获得长足的进步。然而真正立于话筒前通过电波将声音传播出去,始于1957年随上戏表演师资进修班进京汇报演出阶段,中央人民广播电台来遴选部分演员去录播一批诗作,我才第一次听到了自己通过电波呈现的声音,无比惊喜。

1959年进入上影厂后,我积极参加上影剧团的朗诵活动,在孙道临等前辈的指导下,收获颇丰。进厂之初,曾参演影片《激流》,饰演张秘书,组内刚由演员晋升为副导演的高正也是朗诵同好,见我十分钟情于朗诵,便将我介绍给上海人民广播电台统管影剧界文学栏目的贾成彬,将《人民日报》一整版的一篇散文《龙舌兰》交我,嘱我准备好后去电台找贾老师录音。于是,我查字典,标声调,半个月来反复练习,晨一遍,晚一遍,做足功夫。俟我去到外滩边上南京东路电台,戴上耳机时兴奋莫名,贾老师一脸慈祥地说:"新来的吧?不要紧张,先试试声音。"我在录音棚面对着透亮的玻璃隔断,调音师通过听筒对我发布指令,此刻经过技术调试后返听自己的声音,音色比平时更圆润、厚实,这种感觉我在北京曾体验过,还一直念叨着。贾老师见我并不怯场,嘱咐我说:"你慢慢录,我去办点事就上来,如果觉得不满意,打断再续……"其实当时她在不在场已无关紧要,我已然全神贯注于密密匝匝的文字之中了!

龙舌兰原产于墨西哥,是多年生常绿大型草本植物,中国华南、西南多处引种,叶片坚挺、四季常青,作者意在歌颂龙舌兰坚忍不拔的革命精神。篇幅相当长,大约诵读四十分钟左右,我居然一处未错,一气呵成。俟贾老师回棚,我已完事与录音师一起在复听了。她惊喜地从头到尾审听了一遍,确实没找出什么瑕疵,拍板通过了。她笑得合不拢嘴,再次问道:"你以前录过散文吗?"我说:"录过诗歌。"她说:"这么长的文章你居然一次未停,一字不错,真是难得!"天晓得,此前我只进过一次录音棚,真是天助我也。首战告捷后,我开始与话筒结下了不解之缘,从此,我与贾老师成了莫逆忘年交,她三天两头会找我,经她手我录制的散文不计其数,大多是个人诵读,诸如朱自清的《春》《绿》《荷塘月色》等,念了个遍。那时没有电话、快递,她都是凭走路,加之腿又有病,一瘸一拐来我家送材料。她告诉我,原先这篇《龙舌兰》是请高正朗读的,是高强烈推荐了我,说厂里来了一位新人,语言训练有素,贾老师才同意我来试试,他们都是我的"贵人"。今天,尤其在纷纷细雨的清明时节,忆起提携我的高正老师,想起这位爬几阶楼梯都要喘一阵的敬业的贾成彬老师,未知他们如今在世界那端安好否?

电波的传递是超越地域的。不久,中央人民广播电台的女导演潘霞来沪找上译厂的胡庆汉及我厂的宏霞和我录制了一首普希金的长诗。通过录制,胡庆汉问我有无兴趣参加译制片配音。1961年他拟执导苏联影片《红帆》，是一个澄澈的童话，英俊的贵族后裔和灰姑娘的爱情故事，他属意由我配格列耶小伯爵——背叛家庭甘愿屈居船长，最后升起红帆携爱人阿索莉共赴美好生活……故事很吸引人，我也心向往之。其实此前也数度被上译厂召去，大多属于"救急"的，如1960年原需四十天才能拿下的二十大本胶片（上、下两集）的《松川事件》，因是周恩来总理为了改善中日关系，亲自下达的政治任务，陈叙一厂长带领全厂并发动上影厂演员组，奋战一百零八个小时提前完成了。我们都是"应召者"，人手几页纸，标注着不同年龄、职业的角色，需要时就进棚，否则在棚外守候，须臾不准离开。其实对剧情不甚了解，只知道1948年有人在松川车站制造了火车出轨事件，诬陷是共产党人所为，警方逮捕了十九岁青年竹间，威逼、利诱引出假口供，竹间得悉当局因此大肆逮捕、杀戮革命者，遂勇敢揭露真相，从而引起全国公愤并声援，酿成著名的"松川事件"。影片译制完成后不几日火速全国公映，海报上上影支援人员的名字赫然排列于上译厂主要演员之前，估计是陈叙一厂长的策略——感谢兄弟厂大力支援，下次再借不难。果然，嗣后还有过几次类似的突击抢录，皆为东欧国家的影片，规模没有这次大，片名也记不得了。

当然，也参加过主配。1961年由波兰罗兹艺术电影制片厂出品的《真情实况》就是由我和高博、李梓、毕克、胡庆汉共同完成的。描写1937年《实况报》记者代表波兰工人阶级和法西斯势力斗争的故事，我配一记者，伶牙俐齿，能言善辩，除了台词密集，别的都不记得了。平心而论，对于配音我是喜欢的，由于年轻，抓口型快，吐词清晰，因此对于《红帆》我是动心的，奈何当时有个观念约束着我，觉得喜欢和挚爱难以两全：我是学表演的，主攻是塑造角色，而配音是用声音去塑造别人创造的角色，加之当时摄制组又有任务，所以我谢绝了。恐怕还是受阅历所限，事后想想，若当时通过组内协调，腾出十天半个月来完成《红帆》的录制，也不是没有可能的。当然，若以此为发端，今后的走向就确实难以估计了，与《红帆》失之交臂，只能说我与译制片情深缘浅吧。

此后，在电台贾老师的引荐下，我除了录制散文，又成了广播剧的常客。记得我先后参加录制了《夜半来客》（李梓、乔榛、毕克、李农）、《夏》（刘广宁、赵兵）、《密林中的小屋》（李保罗、梅梅）、《孪生姐妹》（赵静、俞洛生）等等，由于大家都有拍摄、演出、译制任务，广播剧大都是利用业余时间录制的，一般都是从夜晚录到次日凌晨。由于大家对语言艺术的共同爱好，虽然稿酬低微，但无人叫苦及怨尤。最具影响的广播剧应是1995年由老电影人沈寂编剧、戎雪芬导演的《阮玲玉》。当年徐帆刚出道，随北京人艺来沪演出同名话剧，上海电台特邀她来演播阮玲玉，我饰"茶叶大王"唐季珊，该剧由于阵容强大、制作精良，还得了个广播剧的全国奖项，是沈寂亲自告诉我的。

1985年上海美术电影制片厂的韦启昌来找我，动员我在特伟、包蕾编剧，特伟导演的五集动画片《金猴降妖》中为唐僧配音。为动画片配音对我来说是破天荒头一遭，韦戏称特伟是广东人，所以这次要找个"广东唐僧"。那年正是李扬初出茅庐，不想这部片子成就了他，以独特的声线一时成为孙悟空、唐老鸭的不二人选。此片还荣获1986年金鸡奖最佳美术片奖呢！

1968年，山东广播电台特地到上海为他们录制广播剧《马承良小传》，邀我演播马承良，合作者有廉叔良、吴锡敏、蔡金萍、杨宝河、赵家彦。播出后反响强烈，当年山东广播电视报368期刊登了孙钢的《听后感》，文中写道："该剧以精湛的构思，生动传神的演播，证明了广播剧是个很有生命力的剧种。""该剧深深打动听众的心弦，和演员的成功演播是分不开的，特别是马承良的扮演者梁波罗，语言表达准确、幽默，把握住了分寸，为这部剧增色不少。"因为人物是个不得志的京剧演员，我调动了年轻时接触过的京剧演员和票友所积累的见闻，为角色注入了京腔京韵，从而区别于其他角色的语速、语调，形成独特的语言节奏，特别出彩。

说来与山东有缘，直至最近，2018年1月至3月，我还为山东卫视新时代生活日记——《此时此刻》录制了六集旁白,这是个通过在医院、书店、车站等场景蹲点三天,拍摄出的反映人生百态、接地气的励志短片,成为我年逾八十的最新声音作品。

1986年,上影演员剧团自组译制部,导演吴文伦告诉我,有一部二十六集的法国电视室内剧《莉莉》中,有一个角色与我特"贴",他力主我来配,当时我正在外地拍戏,我说你如果将我的戏份集中起来,等我回来一定参与。果不其然,相互都未食言。这是个戴眼镜的知识分子,三口之家的家长,与妻子(张芝华)、莉莉(梅梅)都有大量对白,配音过程十分愉快,角色果然很适合我。此后也陆续为译制部配过《乱世佳人》等,为国产电视剧配过《女跳水队员》等等。

2016年10月,我接到时任电台资深编辑梅梅的一份邮件,称有一篇描写上海的散文,选定在上海人民广播电台及新媒体"阿基米德"平台上使用,电台领导希望邀我朗读。通读全文,觉得笔触生动,显然是出自一位"新上海人"之手,其间夹杂一些南方俚语及"洋泾浜"英语,十分有趣,由我这样的"老上海"来朗读是再合适不过了,于是欣然从命,很快录制完成。《我眷恋的上海》播出后,点击率八千、一万逐日噌噌上升,不几日已达十万加。我因属网盲,未曾留意。一日,我女儿下班回来祝贺我登上网红热搜榜了,我才恍然。"奔八"的人居然一不小心当了一回"网红",外孙女一脸诧异:"网红?不是肉松面包吗?外公,你成了肉松面包啦!"引起全家一阵哄笑,这就是语言艺术给我晚年生活带来的欢乐!

2017年11月上旬,"阿基米德"平台上出现一条讯息:

  你想知道梁波罗这个名字的来历吗?
  你想知道梁波罗怎么会踏上艺术之路的吗?
  你想知道每一部艺术作品背后的故事吗?
  你想知道梁波罗和母亲的深厚情谊吗?
  你想听到梁波罗的歌声吗?

2017年11月14日起,周一至周五上海故事广播(FM107.2)上午10点将播出梁波罗自传,由梁波罗亲自演绎,敬请收听。

电台资深编辑、金话筒得主梅梅精心制作了这辑音频作品,每个篇章的最后,还放送我唱的一首歌曲,连续播放了近一个月,作为对我八十诞辰最佳贺礼。

扪心自问,自我从艺以来,除了影视表演之外,尽管接触尝试过多种语言艺术的表达方式,最亲近和从未游离的仍是朗诵。尤其在我息影以后,成了我与观众沟通、交流的最常见和便捷的方式。我当然在意观众的感受,它是衡量我主观动机的标尺,所有的美好,都是需要用心去经营和维护的。

最近读到上海作家、诗人张健桐发表在《中华朗诵》杂志上一篇题为《朗诵,让黑白变彩色的艺术》的文章,其中如此写道:"有幸生活在上海,这个城市有着一大批优秀的朗诵艺术家,这是我们诗人的幸运。我常常惊喜地发现,有一些堪称平庸的作品,经过朗诵者二度创作,竟会活色生香起来。""同样一首诗,朗诵者艺术表现力的差异竟会使这首诗产生的艺术效果大相径庭。比如拙作《关于一束鲜花》曾在大剧院这样辉煌的舞台和一个业余诗社的礼堂里分别演出过。梁波罗老师声情并茂又极具分寸的演绎让拙作在那么大的舞台上都能压得住,熠熠生辉并让坐在观众席中的我热泪盈眶和为之骄傲。而在那个业余诗社的礼堂里,同样的这首诗被草草地念完,只赚来几声零零落落的掌声,让我痛感不同质地的朗诵原来竟可以让一首诗上天或者入地。"

让一首诗"上天",实是诗人的溢美之词,但确实给了我继续攀登的动力,声音魅力是无穷的,只要你不懈地努力,不断地追求,总能邂逅那抹最绚丽的云彩,盘旋着用心去寻觅,总能触碰到云端上最美妙的声音……

第三辑　流年

# 悠悠慈母心

莺飞草长三月天,春光潋滟年复年。
暌别慈母十六载,相见犹在梦里面。

小诗写于 2007 年,表达的是我对母亲的思念之情。母亲是我生活中最重要、最崇拜的人。她不仅赋予我生命,而且以身作则,教我如何处世为人。在我眼中,她是个超凡脱俗、善良而坚强的人。

母亲排行老二,除了大姨外,她家两支(外公纳妾)兄妹皆称其"二姐"。父亲排行第五,故母亲被父系亲属谓之"五嫂"。同辈中,五嫂是出了名的知书达理、识大体、顾大局的人,无论双方家族中任何一方发生纠纷,都会不约而同地找母亲斡旋——因为她不护短、不偏袒,往往能化干戈为玉帛,使众人心悦诚服。

在我稍懂事时,妈妈会对我讲《孔融让梨》和《程门立雪》之类,既讲故事又教成语。她所说的"乐善好施""施恩不图报",也是对应身边实例,言传身教。据我回忆,父亲不仅将患青光眼的祖母赡养终老,而且大伯的遗孀、一度离异的三伯母、被四伯遗弃的堂兄,都曾在我家落脚。母系中,除了外婆在我家颐养天年外,三舅和同父异母庶出的六舅,因风闻"上海遍地是黄金"的流言,也先后由西安来上海投奔二姐,盲目地掘金来了。尽管这些突发事件常令我家措手不及、应接不暇,但母亲总能说服父亲接纳下来。在20世纪四五十年代,政局动荡、谋生艰难的情势下,实非易事。而父亲,在这方面表现得超常大度、宽容,以至奶妈也趁机让河南乡下的儿子玉坤摸来上海,在家里打打杂,干点零工,去影院当领位,借此母子团聚。五哥和五嫂一家的菩萨心肠名声在外,他们宁可克扣自己,也不亏待亲眷,从不索取回报,这是有目共睹的。

20世纪40年代中期,有件事我记忆尤深。那时我家尚住愚园路,一天妈妈被喊下二楼,在楼道里接听电话。没说几句她就瘫软在地,众人忙将她扶上楼来,半晌才缓过神来。原来父亲九妹的丈夫(空军飞行员)在执行任务时,撞上紫金山,机毁人亡。噩耗有如晴天霹雳,当事人顿时乱了方寸。九姑父是为美国空军服务的,母亲通晓英语,因此从抚恤金到赔偿,从文案到谈判,所有善后她全程介入,陪同九姑去美领馆办理。几经交涉,据理力争,九姑终获理赔和赴美签证。此事更提升了母亲的威望,大家都赞她说,五嫂若非健康因素,准是个出色的文员,是个难得的优秀人才!

当时医生曾宣判她只有三年存活,不料她闻言反而越发忙碌了,加紧进修英文、学速记和中英文打字,还挥毫练习书法……她说:"既然我还有三年,就要开开心心,利用三年机会充实自己,乐享余生!"殊不知病魔在她的达观和坚韧面前节节败退,她非但未被肺结核征服,反倒日益健壮起来,十倍、二十倍地超出了医生预料的生命极限。在当年能如此坚强,不愧为女中豪杰!她太想融入社会来证明自己了,遗憾的是一直到全国解放,也未能实现这个愿望。

新中国成立后,父亲从大中华电影企业公司脱离出来,在该厂老板、香港娱乐界巨子蒋伯英的授意下,将上海仙乐舞厅一帮"洋琴鬼"——洛平大乐队引进香港,进驻荔园水上舞厅,并当上了"荔园"首任经理。原先的计划是他站稳脚跟后举家移港,不料抗美援朝战火骤起,他担心战乱致使家人离散,遂弃职只身返回上海。

回沪后,父亲一时难觅合适岗位,待业在家,日显"坐吃山空"的颓势。一天放学,我在有轨电车头等舱里,眼见他追撵着上了三等舱,只为节省几分钱。此刻,我始觉家境拮据的窘迫,虽然父亲从不在我们面前表露什么。从第二天起,作为学生,我也挤在三等舱里去上课,"聚沙成塔"的道理我还是晓得的。

大约在1952年,父亲在大姨夫的带动下,一起南下广州,筚路蓝缕,在广州糖果厂学着去打理他全然陌生的新行当。为了照顾父亲,母亲和弟弟也先后定居羊城,仅我一人留守上海。1954年,由于妈妈的坚持,实现了她一直企盼的参加工作的夙愿,成了一名包糖计件的女工。从她来信中我感到,尽管学非所用,她不以为苦,反以为荣,认为以自己劳动换来的报酬,更能体现自身价值。自食其力是她一直梦寐以求的。她进步神速,不久就被评为生产能手。当时广州生产的柑粉夹心糖和柠檬夹心糖,在上海市场颇受青睐,是馈赠亲友的上佳礼品。每当我剥开透明玻璃包装纸,将黄澄澄的糖含进嘴里,别有一番异样的甘甜。也许正是因有一份母爱夹杂其间的缘故吧。

当年,很少通长途电话,大多以通信维系感情。我与妈妈是无所不谈、言无不尽的。与其说是母子,不如说更像是朋友间推心置腹的谈心,所以不少人说,我从外貌到性格都更像母亲,确实如此。

生活平实、平稳而又平淡地进行着,我完成了由中学到大学本科的学业,踏入社会,拍摄了我的处女作《51号兵站》。她当然十分振奋,眼见儿子弥补了她的遗憾(她自幼酷爱表演,无奈屈服于外公的威慑,而未能如愿),不时为我送来鼓励和祝福。包糖车间的女工们知道李亚男的儿子在拍电影,嚷着要她请客,她当众夸下海口:小组成员每人一票!总算盼到影片在广州放映了,不料盛况空前,一票难求,排几个小时队每人限购四张。她一下子傻了眼,要花多少天才能兑现诺言啊?但她说为儿子排队心甘情愿!看了影片后,在对新人一片赞扬声中,她的评价却惊人地冷静："看得出你是努力的,角色完成得也算称职。"仅此而已,没有过多赞誉,更无半句溢美之词。起初我有些不悦,但仔细想来,才体味到这是一种崇高而深沉的爱护。她是在我举步之初,激励我去攀越更险峻的高峰,去开拓更为广阔的空间。

1962年我返穗探亲,当我像她的战利品一般被姊妹们簇拥着穿梭于车间巡展时,我无言地微笑着,任凭她提出任何要求,无不一一遵嘱。作为母亲,她有权释放尘封近二十年的自豪,毕竟,我是她的作品。

影片放映后,观众反应之热烈令我始料未及,我也一夜之间成为万人瞩目的新星。从此上街不再自由和方便,往往与认出你的观众不期而遇四目相接时,对方似被电击一般,反把我吓一跳。但当时人们对喜爱的演员表达方式较含蓄,更多的是驻足观望、窃窃私议,佯装逛街一路尾随,勇者也无非上前搭讪,索要签名。绝无时下一班青葱少年对偶像顶礼膜拜表达爱慕时,尖叫狂奔、围追堵截,甚至鬼哭狼嚎、呼天抢地等过激的出格表现,那时要文静、文明、文雅得多。

最常见的方式是通信,来自全国各地的信件如雪片般纷至沓来,山区、矿山、部队、农村,由少儿到长者,无所不包,无奇不有。传达室大伯从开始一抽屉,后来索性用麻袋专装给我的信。我自然兴奋,嘴上不说,心里美滋滋的。对于大量求爱信我一概不复,唯独对儿童、战士、农民、侨胞的信,出于尊重,总要抽空复一短函,以免伤了写信人的心。但因此也惹出不少麻烦:一位山东老乡接获回信后,挑着花生和小米之类的农产品,千里迢迢找来上海,与我称兄道弟,要我管他吃住;另一印尼女侨胞更是将当年短缺的油、糖寄我,我再三拒收后,居然亲莅上海,要求在青年会宾馆面晤。我不敢贸然赴约,不几日,对方竟然拎着大包小包找上门来了。其时正值剧团排练话剧《战斗的青春》,同事中叔皇和史久峰出面为我挡驾,诳称我出外景去了,方打发走她。一时大家七嘴八舌为我支招,有人建议我索性从同仁中"租借"一如花美眷,携带襁褓幼婴慨然赴约,以断绝对方非分之想……所幸只是趣闻一则,未付诸实现。好在当年不兴"狗仔队","娱记"大多政治领先,不似当下的某些记者,捕风捉影,对艺人隐私津津乐道,对八卦新闻趋之若鹜,否则传将开去以讹传讹,后患无穷。

更离谱的是一位中年妇女言之凿凿地称,我是她失散经年的亲生儿子,因环境所迫转寄他人,如今坚决要求索回……我万分狐疑地向母亲求证。妈妈告诉我,这是观众企图得到你的回音所采取的手段,你当然是我亲生的,岂容怀疑!我还曾傻傻地手执"每日一封求爱信"向团组织领导汇报,因对方威胁说再不回信她将自尽。还有的信件在一番褒奖之后,竟祝我"永垂不朽、万古流芳",让人忍俊不禁、啼笑皆非。

总之在这些光怪陆离的信件中,折射出人生百态,也迫使我这初出茅庐的青年在阅读中增长见识并日趋成熟。妈妈来上海看我时,腾出部分时间代我读信、拣信,帮我分析、研究,适时在我身边敲响警钟。她告诫我,对这些生活中的小插曲勿以为喜,更不要自鸣得意,不应妨碍我将所有精力投身于刚刚起步的事业,在关键时刻,为我指引航向。

在我兄弟俩事业沿着既定跑道加速起飞,在父母工作步入稳步发展的时刻,一场"风暴"突然来袭,无人幸免。在"欲加之罪,何患无词"的年代,父亲一贯的乐善好施以及助人为乐,按"阶级斗争"的观点被解读为对工人施以小恩小惠,达到拉拢、腐蚀目的,成为他的罪行。无尽的游街、批斗,饱受非人的磨难,令人痛彻心扉。记得母亲曾在信中描述道:"见他在烈日暴晒下劳动,我的心在流血……"之后,很少再提及,大约是怕我伤心或牵连我的缘故吧。"四人帮"垮台后,父亲虽获昭雪平反,但积劳成疾,心力交瘁,终在 1980 年,被胃癌吞噬了生命。1980 年暮春,我曾偕女去探视,那时他已骨瘦如柴、命悬一线了。我送他去医院吊针、化疗,陪了他几天。当《子夜》剧组发来通告,让我回组拍戏时,他一面催促我返沪,一面紧攥我手,双方都意识到这将是生死诀别!在一个滂沱大雨的清晨,我抱着女儿小菁蹚着水、噙着泪奔走在返沪的站台上,险些误了火车。

丧父后一个相当长的阶段,我们兄弟奋战在文艺战线上,皆有不同程度的长进。有时母亲会在电视荧屏上捕捉到我们的踪影,从中获得一丝慰藉。每当我因拍摄或活动有可能去广州,我都会故意在她身边多依偎、逗留几天,她总是烹制最拿手的豉油鸡犒赏我,看着我将鸡肉一块块送往口中。她那慈祥而苍老的面容常令我心中震颤,耳畔会响起《游子吟》中的古韵:"慈母手中线,游子身上衣。临行密密缝,意恐迟迟归。谁言寸草心,报得三春晖。"古今中外的母亲心同此理,概莫能外,都以其厚重而博大的恩泽庇护着儿女,是小辈倾其心力也难以偿还的。想着母亲独自承载孀居以及与我兄弟俩聚少离多的双倍孤单,真不知她是如何挨度的。但她在我面前说得最多的一句话:"我不寂寞,时间还不够支配呢。看,这是我的《英语学习》杂志,我一直坚持跟着电台学,有时还当老师,教邻居和中学生呢。"看着她坦然的神情,我一度曾真相信她是快乐的,被她善意的谎言所蒙蔽,我真傻!直到自己迈入老年,才真正体味亲情抚慰远比物质关怀重要千百倍,从而也更深切洞察了她的良苦用心:她是为了让我们放下对她的牵挂、一心投入毕生热爱的大事业、一心经营各自构建的小家庭啊。这就是我的母亲——一个平凡而伟大、慈爱而坚毅的女性!

在父亲故世十年之后,悄然进入她的生活并与她为伍的竟是另一场夺命绝症。1990年3月,她被诊断为卵巢癌三期并伴有轻度腹水。医生比对检验报告,对母亲的耐受力表示惊讶:如此巨大的痛楚她居然坦然承受!起初拟手术治疗,会诊后认为发觉为时已迟,决定保守治疗。我闻讯急飞广州探视,在弟弟家我们共度了她一生中最愉快,也是她临近谢幕的一段绚烂时光。

当我返沪与上海肿瘤医院联系后,决定将妈妈接来诊治。1991年早春,她回到阔别多年魂牵梦萦的上海。斜挎一小包,手提小行囊,除了因腹水而微隆的小腹外,她不像重病号,倒更似旅游者。沪穗两地医院意见相近,尽管过了最佳手术时间,手术又有风险,但对犹存的一线希望,母亲本人和我兄弟俩都不主张放弃,决定做最后的争取。

从她住进肿瘤医院的第一天起,她就与病区的医患打成一片,对病友嘘寒问暖。只见她春风化雨,从未见愁容满面,还不失时机地与病友切磋英语。我则谢绝一切邀约,专心致志地照顾她,陪伴她走完生命的最后一程。我每天骑单车往返于住处与医院间送汤送菜,履行儿子应尽的职责,借以减轻积压在心头的负疚感。而她正重拾信心,准备迎接一生中第三次与病魔的抗争(另一次是因追撵班车摔跤,导致胯骨骨折)——虽然已是七十五岁高龄。

事实是严酷的。手术虽然成功,术后也有过短暂的缓解,她顽强地扛过了手术的痛苦,尤其在最后的五十多个日日夜夜,仍与医护人员紧密配合,不落一滴泪,不叫一声痛,依然热切地关怀着周边病友的安危,四病区都知道有位坚强的李奶奶。但毕竟积重难返,回天乏术,母亲于1991年3月31日凌晨与世长辞。遗憾的是她临终前目光散漫、神志恍惚,不及留下片语只言,令我们于悲痛中平添一份怅然。

整理母亲的遗物,除了几本《英语学习》杂志外,还有一本记事簿。意外地发现其中一页书写着工整的文字,原来是她在广州确诊癌症,准备接受手术前写下的遗言:

  人生的路途总归有个尽头,我已超过七十岁,不能算是短命了。虽然我知道现在手术很安全,医学很昌明,到底内脏里的毛病自己无法掌握,也许能平安度过,也许生命就此结束。

  我不迷信,一切从简,骨灰撒向大江或平原,让我的灵魂自由飞翔。假如真的有灵魂的话,我将竭尽全力,庇护、保佑我的亲人,绝对不会加害于亲人。所以不要害怕。

  我要求你们亲密团结,互相帮助。你们各人都有一个幸福的小家庭,我也就无牵无挂了。

  不要悲伤,不要难过,天下的父母总要早走一步,这是人生的规律,任何人亦无法改变。保留我的照片,让小辈记忆中有我这么一个人!

1990年4月15日　手术前夕留言

母亲在遗言中,以她的通达和知性,无须任何注解,冷静而完美地诠释了自己的一生。

弟弟梁义夫妇闻讯中止了外地的演出,日夜兼程赶来上海奔丧,为未能送她老人家最后一程而抱憾。

早年受过母亲恩泽,长我四岁的堂兄梁金城(长春第一汽车厂高级工程师、吉林省特等劳模)回忆道:"我四岁时,父亲将我母子抛弃,是叔婶收留了我。五婶非但未歧视我,而且视为己出,享受波罗同等待遇,使我获得缺失的母爱,在亲情中度过童年,对我日后自立起着至关重要的作用!"说他数十年来始终不能忘怀这份刻骨铭心的爱和那段美好的少年时光。

1991年4月6日下午,我们在龙华殡仪馆龙柏厅为母亲举办了追悼会。天公以瓢泼大雨,哀叹这位善良老人的离去。好友余志仁挥毫遒劲地写下"扶夫教子不愧贤妻良母,顽斗病魔堪称女中俊杰"的挽联,母亲的遗像微笑地镶嵌在鲜花丛中,典雅、华美、亲切,仿佛她暂离我们去异国远足。

令人特别感动的是影界同仁孙道临、舒适、李纬、凌之浩、于飞、凤凰、张莺、莎莉、嫩娘、吴海燕、徐才根、严永瑄等冒雨出席,剧团团长吴鲁生还亲临主持仪式。双亲的挚友陈延华医生父女,我的表演导师胡导,上海电视台刘文国,老教师宋连庠,上影厂工会、退管会、民盟支部以及肿瘤医院的医患代表,我爱人单位上海船舶检验局的同事以及在沪的亲友,都赶来为她送行。

五十天后,我亲自搭乘班机将母亲的骨灰送往广州与父亲同穴,让他们继续相依相伴。

以后的每年清明,我和弟弟都会燃香秉烛祭奠父母。2002年10月,我趁去广东东莞拍摄电视连续剧《豪门惊梦》;2007年6月,我趁赴港参加庆祝香港回归十周年大型演出之际,两次绕道广州,偕同弟弟梁义夫妇一起拜祭双亲。2009年岁末,偕妻同赴羊城,专门去陵园祭奠,祈愿他们的灵魂在天国中自由翱翔。

# 难忘的家事

2015年10月,是我与妻子刘君蓉结婚四十五周年——谓之"蓝宝石婚"。

我和她从相识、相交至相恋成婚,没有任何传奇色彩。说来也许你不信,在外界看来,似我这等偶像型艺人,居然是通过"介绍"方式认识的她。毋庸讳言,自从我"上戏"毕业公演开始,就经常收到观众的求爱信,从影以后更是情书不断,全被我束之高阁。我心无旁骛,决意将主要精力扑在喜爱的表演事业上。其间虽然接触过两三位异性,充其量不过是艺术交流较为频繁的"红颜知己",始终没有真正意义的"女友"。

"文革"开始后,一切都被颠覆。此刻我环顾四周,竟悲哀地发现同班同学中,唯我这"金童"硕果仅存,至今未婚。当时无戏可拍,前景渺茫,一种寂寥感油然而生,终日无所事事地打发光阴。运动之初,当"逍遥派"阶段,一天我厂美工李文康关心我的生活状况,说他太太有个闺蜜贤淑有加,尚待字闺中,他夫妇有意介绍给我。若在此前,我定一口回绝。然时过境迁,再说对方一脸真诚,也不想拂人好意,心想见见何妨,遂爽快地答应下来。

犹记得刘家当时住黄陂南路,如今这一带早已被"新天地"所并吞。

君蓉排行老大,与两弟两妹共五个与双亲同住,是个融洽和睦的大家庭。她毕业于上海外国语学院英语系,供职于上海船舶检验局,知书达理、端庄大方,第一次见面即一见如故,与她及其家人竟毫无疏离感。一来二去,我很快成了刘家的常客,并明显地感受到了刘家上下对我的友善和关照。那时几乎没有娱乐活动,文化生活极其单调,我们的约会大多在刘家。每当夜幕降临,最快意的莫过于聊天了:对坐方寸阳台,笑侃天地人生,那是一段萧瑟而温情的时光。

谁知好景不长,不久事态骤然逆转。

1969年,由于我偶然间看到了"江青-蓝苹"的资料,莫名其妙地卷入了无妄之灾。先是作为"文艺黑苗苗",继而作为"攻击伟大旗手",罪名逐步升级。此时,我正与君蓉恋爱之中,这可如何是好?由于看不到乐观的前景,考虑到她家世代政治清白,家庭成员和亲友无一受冲击,为不至于因我牵连她,乃至累及家人,我决定中止这段感情。于是有一天,我鼓足勇气,嗫嚅着向未来的岳丈刘学琨讲出了我的想法。老人显然觉察了我的矛盾心情,沉吟少顷,他说:"我们觉得你蛮好,并没有其他看法和想法,至于你和蓉蓉之间的事,你们自己商量。不过这么重大的事,我看不要轻易做决定……"言简意赅,却是提醒我不要意气用事。在当时的恶劣情势下,老人能继续接纳而非拒绝我,给了我莫大的鼓励和信心。

1968年的冬天尤其寒冷,我穿着带有未来岳丈体温的蓝色毛领短派克,不时出入于刘家寓所。但这种"出入寓所"的行为,并不是兴高采烈、光明正大的,而是经常趁着夜色悄声上楼,以防好事之徒制造口实。特别难忘的一幕是,那天我和君蓉"默默苦度"我的三十岁生日,除了我俩,没有惊动任何人。当她敲开一只鸡蛋时,两个黄蛋赫然在目——双黄蛋!橙黄晶莹,似乎预示着有什么好事即将降临。我们相顾一笑,似乎在残冬中捕捉到一阵暖意,困顿中萌生一丝希冀……

不幸的是好事未青睐,厄运却频频光顾。改造的日子漫长而难挨,我在干校劳动中不慎摔断了腿。这下可好,由于双亲都在广州,一直以来我都寄居朋友家,但骨折后打上石膏,不能动弹,吃喝拉撒全得靠人服侍,医院又不肯破例收留,真急得我六神无主,一筹莫展。朗朗乾坤,一个堂堂七尺男儿居然无栖身之地!怎不令人黯然神伤。陪同我从干校到中山医院的曹铎和我在医院反复商量,踌躇再三,最后不得已,决定先将我送到已迁居淮海中路的刘家——目前,这是我的唯一希望。

在人人自危的政治氛围下,多一事不如少一事,刘家愿收容一个既非亲属又是审查对象的伤员吗?亲友会怎么看?街坊会如何讲?带着这份忐忑,我们敲开了刘家的门。说明原委后,没有迟疑,刘家接受了我,令我在风霜雨雪中感受到拂面的阳光,终于觅得落脚之处。

近半年的康复过程中,我是在刘家住房本不宽敞的室内阳台搭置的小床上度过的。生活起居的所有杂务全由刘家成员承担,度过了一段一辈子从未有过的"饭来张口,衣来伸手"的日子。那阵子我时常对着天花板发呆,骨折发生前后触目惊心的一幕幕犹如片花频闪:雨帘低垂……平卧于门板,覆以薄膜,露出我惊恐的眼……奉贤干校……十条大汉轮流抬着我,跋涉在泥泞中的脚……返沪途中……我肿胀得宛如广口瓶的腿……冬日医院……一周后在X光手术台上,不上麻药,潘医生将错位的骨骼"手法复位"时,我的惨烈呼号以及医患如雨注般的脸……雨水……汗水……泪水……汇成起伏的心潮……一切来得如此突兀,唯有在这突发事件面前,人的良知才获得瞬间集聚,重现人性的善良。

我继而又想到,以往读小说、看电影,总希望主人公命运起伏跌宕,情节扑朔迷离,仿佛戏剧性越强越过瘾。而在现实生活中,大起大落、水火两重天的日子是多么可怕和残酷啊!巨大的落差使人心力交瘁、难以承受,从而也越发感悟:平平淡淡才是真,奢望于对平实生活的憧憬……那段时光,也是我对刘家老少加深认知的绝佳时机,在我面前,他们没有丝毫蔑视或厌烦,使我在家人般的呵护下,以愉快的精神状态,促使伤势迅疾复原,直至站立、行走,重新迈步。

有道是"福祸相依",我可算是因祸得福。这一跤似乎成了加速我与君蓉及其家人了解的催化剂。伤愈后,我们决定领证,登记处大姐一眼认出了我说:"结婚啦?三十三岁,表扬!"当时提倡晚婚晚育,我打趣说:"那我六十六岁来……""那就要批评你啦!"彼此朗声笑了起来……

如今想来,当年,这种毫无防范的笑声何其珍贵,让人记忆深刻。

1970年国庆前夕,刘家大费周章,拆床垒桌地在家自办了酒水两桌,举办了简朴的婚宴。尔后,我夫妇于次日踏上去杭州的火车——旅行结婚,完成了婚事的所有仪式和过程。

婚后四十多年来,无论顺境、逆境,她始终默默地支持我。尽管她甘于屈居幕后,有两点却是一以贯之的。其一,她永远是我所有作品最严苛的读者、听众和观众,同时兼任台词和歌曲的场外英语辅导。其二,无论我拍戏或在病中,她总是肩挑本职工作、家务以及培育女儿的重担,乐观面对,从不怨尤。

在此说两件小事"描摹"一下。

1978年,我在长影拍戏。她因白天要上班,故将三岁的女儿托付给一位宁波阿姨代领,下班后再接回家。有一阶段我在杭州拍外景,趁两天没有我的通告,遂向剧组请了假,回沪探望。为给家人惊喜,事先未通知。不料那天下午回家一看,家门洞开,邻居抱着女儿走了出来——原来妻子因劳累发烧已卧床两天了。见我突然出现,她才忍不住流下泪来。她是怕影响我拍摄进程,故此一个人扛着。我怀抱幼女,揽住妻子时,才真切体会到呵护一个家是多么不易,妻子付出了多少心血啊。

1992年我重病住院,她更是每天起早摸黑,4:30起身,晚上23:00才能上床。这期间,她一头牵挂着医院里的我,一头牵挂着家中的爱女,于是"医院一家"穿梭不停地来回赶。按理,这份恪尽职守的劳作会把她拖得筋疲力尽,而她竟然"精神抖擞",人前人后均是如此。我知道,那是因为对家的热爱支撑着她,让她"底气十足"。

上影剧团同仁都知道我有一个外表柔弱、内心坚毅的妻子,每当剧团询问她"需要什么帮助"时,她总是摇摇头说"我可以"。她的顾全大局、通情达理,可说有口皆碑。

回望我们的婚姻中,没有甜言蜜语、海誓山盟,有的是风雨同舟、相敬如宾。夫妻之间的感情不是一袭涌来即退的潮汐,而是一股涓涓清泉,永远在相互信赖、相濡以沫的答酬中流淌。

说了太太,自然要说到她的父亲,我的老泰山。故事不少,这儿特意说一说和他有关的一只镊子——这是我岳丈留给我的唯一纪念品。它当然不值钱,微不足道,但它承载了我对他老人家的怀念。这只镊子,正是疗伤阶段岳父给我的。那时家务都是自己动手干,岳父经常会戴上老花镜,用镊子为市场买回来的家禽除毛,一拔一个准,十分便捷。一次他见我用两只镍币在拔颈项的残须,就递给我一只新买的镊子说,就这只最好使。我随手接过,果然屡试不爽、百发百中。他说送给你,我有好几只。我收下后连声道谢。时光荏苒,尽管剃刀从单面刀片进化为转头刀架的双面刀片,后又升级为电动须刨,然而这只普通的金属镊子却伴随了我四十多年,无论走到哪里,我都会随身携带。物件虽不值钱,但其蕴含的情义、赐予的恩泽却是无价的。就在岳父送给我镊子的那一年,当我伤愈后,与君蓉结了婚,正式融入了他们的大家庭。

20世纪90年代,是刘家人丁最兴旺,也是最为热闹的时刻。每周日,照例的家庭聚会雷打不动。当一家老小围坐一起,是岳父最幸福的时光。殊不知,他为了这一顿饭,筹划最早,准备最多,而最先放筷、最早退出的总是他——好尽早腾出座位让小辈入座。他就是这么一位心里装着别人、极少考虑自己、令人尊敬的慈祥长者。他一生为人宽厚、豁达、真挚、慷慨,是个人缘极佳的好好先生。他在"华商电气公司"(今供电局)当了一辈子高级职员,一生忠于职守,与人为善,一人挑起抚养五个子女的家庭经济重担。我从未见他疾言厉色,大发雷霆,他总是和颜悦色,笑对人生。凡去过岳丈家的人,无不对他的热情留下深刻印象。他来者皆客不说,惯以咖啡款待——以往是煮,有了"雀巢速溶"后是冲,浓郁醇厚,香溢满屋。可惜,自他老人家辞世后,因无人主事,一周一次的聚会也逐渐淡化了。不过,每年一次的年夜团圆饭依然是全体盛装出席,热闹无比。

由于我的亲生父亲远在广州,所以岳父于我,就像亲生父亲一样,我对他的感情非常深厚。岳父晚年时曾义务服务于居住地区的侨联,侨眷们都知道他有一个当电影演员的女婿。逢年过节有联谊活动之类,只要他一声招呼,无论唱歌朗诵,我无不唯命是从。因为有善良的他,才有其女儿君蓉,才有我的贤妻和孝女。

说到女儿,免不了要记叙我"升格父亲"的那一幕。这刻骨铭心的一幕,发生在结婚第五年的暮春。

那天深夜,我刚迷糊入睡,就被一阵急促的敲门声惊醒。医院派人找我,纸条上赫然写着:"胎心音有变,速请产妇家属来院。"我二话没说,抄起上衣骑车直奔医院。

3月的夜晚依然春寒料峭,加之情势严峻,更觉瑟缩。下午妻还好端端的,岳母特为她煮了碗鸡蛋挂面。吃罢,我才送她进的瑞金医院。傍晚,打点好病房中的杂务,我还陪她在院内草坪上漫步良久,夕阳西沉才和她分手。缘何事隔五小时,医院却火速召见呢?

当我满头大汗赶到医院时,慈眉善目的护士长已等候多时了。原来晚间查房时,她发觉妻胎心音过速,估计是脐带绕颈所致,若不及时取出,唯恐胎儿窒息于母腹中,而要剖宫产,须经家属认可、签字方可实施,因为手术不能排除一定的危险性……她言简意赅,和蔼而坚决。我虽明其原委,却对妻的剧咳深表忧虑。要知道,在20世纪70年代中期,国人提倡自然分娩,对剖宫产并不热衷,不似今日塞红包求医生择期取子成为时尚。当时,我要求与妻见面,但见她已是白衣白裤,脸色绯红。她镇定的神情给我增加了稍稍的勇气,但签字时手还是忍不住地抖动，那三个被我书写了三十多年的字，竟然被我写得七歪八扭。其实，在护士长与我谈话的同时，医务人员已在消毒，一切手术准备皆已就绪了。当妻被推向手术室的瞬间，一种生离死别的感觉涌上心头，难怪老人说女人分娩好比脚踏生死关，尽管如今科学昌明，依然吉凶未卜啊，我为不能帮妻分担痛苦而深感愧疚。

接着，是手术室外的苦等。用"如坐针毡"或"热锅上的蚂蚁"来形容此刻坐立不安的心情，是再确切不过了。我忽而想象着室内的进展，祈求手术顺利；忽而又感喟起自己晚婚、晚育的遭遇，祝祷母子平安；忽而又为新生儿命名而冥想，为纪念母亲挨这一刀，决意为这迟来的小生命取"难请"的谐音"南青"或"南菁"。

突然，一声啼哭如春雷震响，划破了寂静的春夜，我猛地从坐着的台阶上跳起来——婴儿出世了！听那高亢嘹亮的哭声，我料定是个男孩，低头看表，25日凌晨2:50。我兴奋地将耳朵贴在门上，一切都归于沉寂，只感到自己心房的快速搏动。我恨不能破门而入看个究竟！须臾，飘来两个女护士的声音："生了吧？""生了。""生个什么？""跟你一样。"她们的调侃在我听来好似仙女在咏叹，传递给我妻已平安产女的喜讯。我当爸爸了！我抑制住狂喜的心情，等待着证实这个佳音。

不一会儿，护士抱着女儿施然出现了，门内柔和的光影折射在她们的身上、脸上，犹如罩着圣洁的光环。小护士善解人意，体恤我初为人父的心情，特意让我过目："女孩，六斤，很漂亮，恭喜了！"十个字组成的四句短语概括了一切。我却木讷地伫立着，在洁白的襁褓中，只见一张黑里透红的小脸和一头浓密的黑发尤为显眼。其时根本看不出像谁，更遑论漂亮了。当时，我既不敢抱她、亲她，也来不及呼她、唤她，只是在护士擎着她走进婴儿室的刹那，我才喃喃地呼唤了声："南——菁。"

时间的流水冲刷去无数记忆的沙砾，然而每当忆及这几段刻骨铭心的往事，竟如昨日般明晰。

# 多难的右腿

听说过轿车内装了空调却由于管道阻塞引起爆裂而伤人的事吗?这事偏让我遇上了。

7月下旬的一个午后,为参加上海人民广播电台一次直播乘凉晚会的排练,我乘上轿车坐在驾驶员旁边,聚精会神地读起晚会串联词来。行驶至河南路桥堍,车厢内突然一声巨响,右下方蹿出一缕青烟,我右腿内侧顿时血流如注⋯⋯

我被送往黄浦区中心医院急诊,安置在放射科 X 光手术台上。在等待摄片报告时,我心情懊丧,感慨系之,不由想起右腿的第一次受伤。

那是 20 世纪 70 年代第一个春天——一个特别寒冷、看不到希望的早春,我正在奉贤干校苦度春秋,不料雪上加霜,在一个阴冷的雨天,一跤摔了个右腿骨折,跌坐尘埃无法动弹。工、军宣队破例做出了让我返沪诊治的决定。然而从干校到公路少说也有十来里地,加上满地泥泞,怎么办呢? 不知谁出的主意,让我横卧于门板上,覆盖以塑料薄膜、油布之类以遮雨,由孙道临、温锡莹、仲星火、杨在葆、乔榛等十个大汉轮流抬着,步履维艰地上路了,听着伙伴们急促的喘息声、脚踏泥淖的跋涉声,竟使我于苦涩中透出一丝甘甜,春寒里袭来一阵温馨,抽搐的心反而舒展开来。不是吗？抬着我的是我的师长、同窗、同事,然而,这些美好的关系却被一场灾难扭曲、颠倒了。唯有在这突发的事变面前,人的良知才获得瞬间的集聚。我仰望着被塑料布隔开的那一方灰蒙蒙的天,心潮起伏,百感交集。雨能穿凿滴面,泪,却咽入心中,似注铅般地滞重……几经周折,一路颠簸,我被送进中山医院,诊断结果是胫腓骨下三分之一骨折,我被安置在X光手术台上。年轻的潘医生看着我肿得宛若广口瓶般的小腿,为我敷药,上夹板,嘱我一周后来做复位手术。

一个星期后,水肿消退了。当我获悉手术是在不上麻药的情况下,将生长了七天的错位骨骼强行剥离,按正常位置重新整复时,我战栗了,我嗫嚅着悄声说:"潘医生,不必那么费事了,马马虎虎接上算了,能走就成,瘸了也不怪你,反正——反正我以后再也不会当演员了!"与其说我在乞求,毋宁说是在发誓,在窒息心中对艺术的追求。潘医生看了我一眼,淡淡一笑说:"你一来我就认出你了,谁说你以后就不会演戏了?会的!"他的语调在那火红的年代听来是那么轻柔,却重重地撞击着我的心灵,我被慑服了,茫然地望着他。"勇敢些,配合我。"他下命令了。

手术室里,我大声复诵着:"下定决心,不怕牺牲,排除万难,去争取胜利。"以此激励自己,虔诚之情,令闻者动容。复位完成后,我和潘医生都已汗湿棉衣了……我感谢这位主持正义和人道的白衣战士,由于他的坚持,才使我免受残疾,得以在大地复苏时,能雀跃着欢呼春天!

不想十六年后,在骄阳似火的盛夏,我却又躺在这手术台上,命运也真会捉弄人,我这条右腿已是第三次受伤了(1982年7月右膝曾严重挫伤),而左腿却安然无恙,为什么所有的灾难都要由一条腿承担呢?太不公平了……

报告来了:胫骨无损,未发现异物。原来,管道内受阻的气流无处排遣,硬将金属盖帽迸飞,射向我的右腿——相当一粒无弹头子弹——

▲ 朗诵闻捷的《白海鸥之歌》

▲ 朗诵江平专门为我创作的诗《我从哪里来》

▲ 朗诵戴望舒的《雨巷》

▲ 朗诵毛主席诗词《红军不怕远征难》

▲ 与赵静等同唱苏联歌曲《红莓花儿开》

▲ 沪剧《苗家儿女》,梁波罗饰卡良,吉燕萍饰迈香

▲ 独唱日本歌曲《星》

▲ 颁奖晚会上与获奖者王馥荔、祝希娟表演电影歌曲串烧,正在演唱《九九艳阳天》

▲ 京剧《红娘》，梁波罗饰张生，宋长荣饰红娘

▲ 2014年1月在东方电视台举办的"电影大咖秀"上与著名沪剧名家茅善玉共同演唱"人盼成双月盼圆"

▲ 录音棚内录制我的自传《艺海波澜》

▲ 在上海大舞台参加"纪念孙道临诞辰九十周年诗歌朗诵会"

▲ 2014年与夏梦相聚在上海电影博物馆

▲ 2017年10月,在上影演员剧团敬老活动上,与王丹凤老师生前最后一张合影

▲ 与漫画家郑辛遥

▲ 与黄达亮、马莉莉、李炳淑、程乃珊在我的散文集《艺海拾贝》首发式上

▲ 与作曲家吕其明在一起

▲ 在克勒门文化沙龙,朗诵白桦赞美秦怡的诗篇,与陈钢讨论钢琴伴奏事宜

▲ 与叶惠贤一起录制节目

▲ 陈钢带领克勒门成员史依弘、王勇、陈燕华、刘广宁、陆凌和我,走向宝山,赏樱、品樱、颂樱

▲ 在剧团家属团聚中孙道临夫人王文娟女士来到现场

管道内气流随之外逸,炙伤小腿,引起内出血。总算不幸中之大幸,未酿成大祸,也许这是上苍在冥冥之中对我的保佑吧。

　　陪伴我的电台编辑老沈,此刻如释重负,不无歉意地对我说:"你一贯支持我们电台的工作,这次不仅流汗,还流了血……"我哑然失笑。老实说,在营造欢愉过程中流血,谁都缺乏思想准备的。既然心石已落,我坦然地说:"明天主持节目怕不行了,但我想演出是可以的。"不是说我一贯支持电台工作吗?这次焉能例外?看来,这顶"高帽子"我还是受得住的,并不因流血而有所变更。

　　在次日晚会上,我拆了纱布上台唱了两支歌,知情的观众报以双倍的掌声。实况直播后的几天里,不少朋友和听众来访、来函询问,关怀备至,电台领导还冒着溽暑亲临斗室探视……对此,我表示衷心的谢意。如今,创口已愈合,淤血正在消散,日后无非留下一块疤痕,日子一久也许忘却了;不似精神上的创伤,尽管时光的沙砾可将其掩埋,一旦触及,却永远鲜血淋淋地敞开着创口……

1986年9月17日刊发于《新民晚报》"夜光杯"

# 今夜燕归来
## ——又见王丹凤

在第二十届上海国际电影节开幕式的舞台上,见到阔别观众二十余载的王丹凤,她是坐着轮椅来领取组委会颁发给她的"华语电影终身成就奖"的。她一袭灰色裙装优雅亮相,虽满头银丝,仍以耄耋风韵惊艳全场。她的获奖感言更是言简意赅,感谢之余,祝愿中国电影事业越来越好。对于一个从影四十余年、奉献了纵贯古今五十多个银幕形象、曾让电影之花绽放于浦江和香江两岸的表演艺术家而言,获此殊荣可谓实至名归,她的现身却带给观众意外的惊喜。

对王丹凤的印象始于1947年《青青河边草》中的蓝菁——善良多情,温润如玉,娇美如花。从此,她小家碧玉的婉约形象就根植于脑海。之后陆续看过她参演的《珠光宝气》《方帽子》《家》《海魂》《护士日记》《女理发师》等,成为她的拥趸。

承命运眷顾,1959年从上海戏剧学院表演系毕业后,我被分配到上海海燕电影制片厂。当年,虽是"海燕""天马""江南"三足鼎立,但演员同属一个大组,有重要会议时总会齐聚一堂,热闹非凡。作为一个影坛新人,我时常会对那些驰骋影坛的宿将们逐一端详,欣喜于如今竟成同事、师生……丹凤老师平素不善辞令,发言特别简短,印象中她总是提前抵达,安静斯文地端坐一隅。她崇尚美,追求美,即使在物资匮乏的困难时期,每逢隆冬,也总会变换不同色泽鲜艳的绒线假领,点缀非蓝即黑的沉闷冬装,令人眼前一亮,平添几分妩媚和春色。别看她光鲜亮丽,骨子里却很保守和传统,为人处事循规蹈矩,十分低调、谦逊。

进厂不久,赶上狂热年代,演员组顺应潮流,隔三岔五地分批下厂慰问,鼓舞士气,除了集体朗诵外,我还有幸和丹凤老师一起演唱过沪剧。随着接触的频繁,彼此逐渐熟悉起来,遗憾始终无缘在同一个摄制组共事。

记得20世纪70年代,身为民盟中央委员的丹凤老师,成为我入盟的介绍人。经她引荐认识了不少医务界、科技界、文化界的盟友精英,大大开拓了我的视野。丹凤老师自1980年拍完《玉色蝴蝶》后宣告息影,将更多精力投身社会工作,她的亲和力及广阔的人脉关系,使她在参政议政方面干得有声有色,俨然是一名出色的社会活动家。此外,她还致力于香港与内地的艺术交流活动,成为促进友好往来的文化使者。

2008年拙著《艺海拾贝》出版,书中收录了1985年我与她共同主持民盟联谊活动的照片,欲赠她留作纪念,不料那年她不慎摔了一跤,在家静养,我遂携书去探望她。许久不见,见她消瘦许多,但精神矍铄,十分健谈。因行动不便,深居简出,不过她说,即使不骨折,近年也是居家为主,很少应酬。自20世纪80年代后期开始,她只接受电话,谢绝拍照及摄影采访。对她的坚持,我是理解、尊重的,毕竟韶华已逝,给观众留下美好形象不失为明智的选择,但对喜爱她的观众来说,却留下了绵长的牵挂。问她是否会寂寞,她泰然地摇摇头说:"闲时就追韩剧,最喜欢裴勇俊……"惜乎那天柳和清先生不在,未能谋面。

众所周知,影坛伉俪能坚守六十年"钻石婚"的原本不多,王丹凤、柳和清可谓旷世奇缘,琴瑟和谐,相敬如宾。两人婚后皆与绯闻绝缘,无论顺境逆境,柳先生始终默默地做她的坚实后盾,为她"遮风挡雨",呵护有加。犹记2015年,还曾与和清先生在"克勒门文化沙龙"活动中,聆听这位昔日"国泰影业公司"少东家笑侃旧上海电影业界和影院,幽默诙谐,出口成章,我们互为邻座,相聚甚欢。不料2016年早春,柳君驾鹤西去,对丹凤老师无疑是沉重的打击。

2017年6月1日,对我来说是个不平凡的儿童节。那天我在好友刘韧陪同下,在医院见到了素面朝天的丹凤老师。令人讶异的是,穿着病号服的她居然鹤发童颜、神清气爽,镜片后一双熟悉的大眼睛炯炯有神……莫非"逆生长"果真存在?真的"返老还童"了?她女儿柳芯告诉我们,除了耳朵重听之外,对于一位九十三岁的长者而言,一切堪称完美!

当谈及昔日与她情如姐妹的陈云裳、李丽华、胡枫、夏梦皆先后辞世,惊愕之余,她悠悠然自我调侃道:"她们都走啦?就我赖着不走,赖着不走!"喃喃重复后又朗声笑了起来,看来她已从"头白鸳鸯失伴飞"的阴霾中走了出来。当我们赞叹"小燕子"不老时,她摇首自嘲道:"老燕子喽!"她悄声告诉我,由于摔过几跤,很少活动,长胖了。为了参加这次金爵盛典,她要女儿全家从芝加哥飞过来,让孩子们回来感受一下中国唯一的国际A类电影节,柳芯插话道,孩子从小在美国受教育,所以这次要他们回来感受一下上海国际电影节,让孙辈了解一下外婆昔日的辉煌!

瞧她满脸兴奋,不由我暗忖:是什么令坚持不见观众的她"食言"?生活的沉淀也许是彻悟的最佳注脚。其实,此刻万千揣测皆属徒劳,单凭她冲破自我的勇气,就值得大大地点赞,笑面人生才是大家乐意与她分享的!

是天意,也是巧合。今年恰逢香港回归二十周年,上海国际电影节举办第二十届,在这双喜临门的喜庆时刻,王丹凤重新出现,不失为本届国际电影节一大亮点。何况今年正赶上她主演的影片《护士日记》首映六十周年,故此,当"小燕子,穿花衣,年年春天来这里"的歌声再度响起,宛若时光倒流,令人无限感慨。正是:花间闻燕语,春色遍芳菲,暌违廿余载,今夜燕归来。

# 无可奈何君去远
## ——纪念孙道临

参加朗诵会不计其数,当那晚步出剧场的瞬间,却感到无比怅然。转眼孙道临先生离开我们十年了,这些天更无时不沉浸在对他深深的感念之中。

作为他的晚辈、学生,有幸与孙先生在银幕、舞台上共过事。他是我自1959年从上戏毕业涉世之初遇到的第一位恩师。尽管在当时乃至日后,他始终不让我唤他老师,但我打心里确认,这是一位可以一辈子追随的良师益友,这种笃信是任何称谓都难以涵盖的。果然这种亦师亦友的情谊,一直滋润、温暖着我,曾激励我们并肩穿越阴霾,共迎曙光……记忆的闸门一旦被情感的波涛撞开,迸发的能量是惊人的!

当我念诗人汤昭智的《没有谢幕的时候》诗中"不停留,是为筹拍一部新片而忙碌还是为组织一场朗诵会而奔走"时,尽管语句平实,心潮却波澜起伏难以自抑,诗人勾勒出先生奋战一生的缩影,尤其是晚年的终极追求。他想做的事太多了:一直欲拍电影《三国》《灭亡》,为筹拍电视剧《闯荡西班牙》,亲自出访、改稿……他是多么期盼张罗成功一场朗诵会啊!?出面联络作者和演员,连节目单都拟好了。多少次深夜听他在电话里详尽描述对朗诵会的构思,不时被自己的奇思妙想引发,得意地笑出声来……醇厚的声音、微喘的气息犹在耳边,真觉得他并未走远!

重温孙先生对朗诵的解读:"……诗,不再只是环流于心底的孤独的潜流,她插上了声音的翅膀飞向听众,引起交叉共鸣的回响。"如今我们老中青三代电影人正用他挚爱的艺术样式来怀念他,从心底流淌出来的诗句与听众的交流互动所引起的共鸣,让我真切感应到他所发射的层层电波,顿悟到自己正继续承受着他的恩泽,接收先生来自另一个世界的教导,永不消逝。

凝想中,传来"铃儿响叮当"飘逸而动感的前奏,他将中文歌词镶嵌在熟悉的旋律中,闪烁着俏丽的光泽。听!那是李侠的声音、萧涧秋的声音,还是江梅清、觉新的声音?那是我们心目中永远的"王子"孙道临的声音——他本身就是一首如歌般的诗,如诗般的歌:"叮叮当,叮叮当。铃儿响叮当,我们滑雪多快乐,我们坐在雪橇上,飞奔向前方……"那晚,我果真做了个梦,色彩斑斓、诡异奇幻,梦中那位快乐长者驾着雪橇,在银色世界里驰骋,高歌猛进,一路追寻他心中未竟的梦去了!

似梦似幻,亦师亦友的您……遥看当今中国影坛似孙先生这般能演能导能写能歌,将毕生奉献给电影事业,兼具学者气质和诗人风度,德艺双馨的全能型艺术家能有几个?!

我是个怀旧的人,至今仍同时使用纸质和手机里的通信录。对于先行离去的师友,不忍将他们的名字删除,在我心目中,每个名字都有他的故事和曾给予我的帮助,是不可以清零的,我要留住念想,让他们的音容驻进心里。那一串串手机号码兴许在某一天会变成重新连线的心灵密码,谁又能说得清呢?通信录里第一页第一个名字就是您:孙道临,武康大楼。

我们共同的朋友是裕兴先生在您离开后写过一首《美的感动》,并虔诚地谱曲,前奏中以电波音效作引领,歌曲副歌后又以您(李侠)的真声独白"同志们,永别了,我想念你们"作结,歌曲是我录的,唱给您和关爱您的朋友,您听到了吗?

为了纪念您逝世十周年,裕兴先生和我写了一首《一剪梅》表达对您共同的缅怀:

> 告别以亮十春秋,与梦几多,歌声依旧。
> 无可奈何君去远,挚朋老友,多少回眸。
> 蓦然回首武康楼,梧桐叶落,十年消瘦。
> 思念尽是离别愁,岁月匆匆,情义永久。

## 暮春的怀念
——乃珊心灵归宿

逆光中,我依稀看到,
那个梳着童花头的你,
那个竖起衣领、戴着宽边眼镜、系一条轻纱的你,
任凭和煦的风吹拂着纱巾,
飘散着你银铃般的笑声、连珠炮似的朗声话语,
和春日般灿烂的笑意……
这一切都使我坚信:
你只是做了次灵魂的迁徙,从未离我们远去!

今天,你的至爱亲朋聚集在这里,
为的是送别你踏上神圣的异国之旅。
那本是每个人必将要抵达的远方,
只是你过于性急,抢先迈步跨了出去。
祈望你在彼岸优雅怡然,与天国的故亲相依,
怀念你,乃珊——上海Lady——你从不曾离我们远去!

这是2013年10月28日上午,我在上海福寿园人文纪念公园小礼堂举行的"程乃珊追思暨安葬仪式"上发言《从未曾离我们远去》的节录。神圣的礼堂燃起烛光,肃穆安详,在乃珊爱女严浩主事下,谢春彦、严尔纯和我以及朋友们轮番致辞向乃珊话别,未能到场的秦怡、曹可凡等都发来了悼念视频。之后,百余人移步至依溪而建的枕霞园,这里将是乃珊的新居——茵茵绿草间,黑色石碑上她正支颐浅笑,墓碑一侧的书和笔昭示着主人的作家身份,碑下枕石上篆刻着她钟爱的泰戈尔的名言:"天空中没有翅膀的痕迹,而我已飞过。"安葬仪式简短、隆重,我手执黄色康乃馨肃然伫立,思绪的翅膀刹那飞翔起来,往事如烟波翻卷……

## 我给她的电话

2007年上半年,我正筹划出版散文集《艺海拾贝》。企盼请乃珊为书作序,她是我心仪的作家,对我这文学新兵会拨冗援手相助吗?考虑到她写作繁忙,故踌躇再三,未敢叨扰。直至文稿杀青,我才决意一试,诚惶诚恐地拨通了她家的电话。她闻讯热情地表示:"请我写序是我的荣幸,但要看过稿子。"我随即将手稿递了过去。其时正值劳动节前,我想若对方首肯,三个月内交稿估计不致给她太大压力。

不料约莫过了半个月,她突然来电话了,操着"沪普"(上海普通话)说:"稿子看过了——"一顿,我心头一紧,暗忖别是遭拒的节奏,不料对方瞬间切换沪语频道,刮拉松脆:"好看,真格好看。阿拉老严也看过,从头看到底,伊也讲灵格!"真诚、热情加之超快的语速,不容我插话:"序已经写好了,不过是笔写的,侬看看,勿晓得来三(行不行)哦?"我一时语塞,兴奋得一个劲儿只会说"谢谢",竟找不到别的词来表达当时的心情。

当我读罢墨迹未干的《百姓演员——代序》后,立马通知出版社,可以提前付梓了！是年年底，2007年12月23日，此书在福州路上海书城首发当日，她和马莉莉、李炳淑、黄达亮一起来站台签售，盛况空前，一书难求，我至今保存着我们五人在扉页上的共同签名的珍藏本。不几日，乃珊夫妇还盛装出席了由中外文化艺术交流协会为我举办的七十寿诞暨新书发布会庆典。她就是这样一个侠肝义胆、助人为乐的热心人！

## 她给我的电话

2004年新年伊始，元月4日晚上，我甫由上海大剧院参加歌唱家方琼主办的《海上新梦》首场音乐会回家。音乐会连开两场，由方琼主唱，"鼻音皇后"吴莺音和我被邀作演唱嘉宾助阵。吴姨的次子、首席圆号吴秉恩是我在"牛棚"的密友，非常时期他在家举办的简朴婚礼，我是唯一的座上客。吴姨以八十九岁高龄，应邀由美来沪重唱成名曲《岷江夜曲》及《明月千里寄相思》，不想抵沪当晚腹泻不止，直至次日滴水未进，大家都为她捏一把汗。不料她略施粉黛、旗袍加身，一出场开口就迎来满堂彩……是夜十一时许，我家电话铃声骤然响了起来，话筒那头传来乃珊的快乐女声："恭喜侬，恭喜侬！"原来她刚才观看了演出，说是心中有话，不吐不快。什么话呢？"侬讲得好，唱得好，伊拉寻侬，寻对路子了，斜气（非常）有味道！我看了老开心，所以连夜打只电话祝贺侬！"说实话，我有些受宠若惊，刚才还在为自己许久未登台演唱与乐队配合不够默契而耿耿于怀呢。

演唱前，我确实讲过几句话，大意是："我不是专业歌手，受方琼邀请感到很荣幸，愿我不成熟的歌声，给上海的冬夜带来一丝温暖……"接着演唱了陈蝶衣作词的《南屏晚钟》（由陈子陈燮阳指挥、上海交响乐团伴奏），陈歌辛的《蔷薇处处开》，和方琼合唱《苏州河边》以及吴莺音、方琼和我三代同唱《恭喜歌》作结。演出过程中观众情绪高涨,反复谢幕,均属正常,何至于乃珊如此兴奋呢?

乃珊在不几天后的《新民晚报》上发表了一篇《上海之昔》的短文,评述这场演唱会说:"从历史长廊那端传来的旋律,在新世纪听来,其中的千种风情别具意韵。""唤起听众们一枕美好的记忆。"回想当时,正是上海一批怀旧金曲有被个别台湾歌星独家垄断的态势,她是在呼吁本地歌者发声。虽然这场演唱会搅动了上海的冬夜,但远远不够!她继续写道:"我们上海音乐人,何时可以为我们谱出新的上海之音。"阐发了怀旧不是目的,呼唤新作,这才是她及似她一般有"老上海情结"的人的共同心声!

## 好妻子　好女儿

2010 - 10 - 70 - 40 - 30 - 1039

是数学公式抑或是密码,还是什么神奇编码?考考你的智商。

对于码字高手乃珊来说,家务显然是短板。自甘为妻"秘书、保镖、保姆"三位一体的丈夫严尔纯,自然当仁不让成为她的"护花使者",相扶相携,守候一生。

2010年10月的一天,乃珊筹办了一场神秘的盛大派对,邀约沪上各界来宾,我夫妇也是抵达现场始悉是为了庆贺老严七十寿辰。原来他们为了不惊动大家,故事前秘而不宣。来宾们的应景即兴表演加之乃珊夫妇相互爆料、幽默调侃,使场面既文艺又喜庆,充分展示了程严夫妇四十年的鹣鲽情深,令人欣羡不已。聚会同时也为乃珊从事写作三十年画了个漂亮的逗号,祝贺她开始踏上写作生涯的新征程。活动举办地点是愚园路1039号"福"字餐厅,寓意赐福所有宾朋。

综此,那串奇异编码已逐个释疑、解锁,其实,毫无悬念,以数字记述事件,博君一粲而已。

乃珊不仅是个好妻子,更是个好女儿。她与潘佐君的母女深情更是有口皆碑。为了祭奠亡母,她曾假座上海国际礼拜堂组织了一场追思会,邀请了母亲生前好友,发动了"圣约翰"一班老友,以高格调的音乐和诗篇精心编织成圣洁的花环,敬献给慈母,我受邀诵读一首暖心小诗,分享了这场情深意切的爱的洗礼。

## 好作家　好朋友

乃珊热爱生活,尤喜美食,发现一处新目标,无论远近,都会召集大家共同分享。她似乎具有与生俱来的亲和力,是个典型的乐天派、"开心果",只要有她在,那里就有欢声笑语。有次谈到"腔调",她说:"明明是个贬义词,旧时大人管教小囡时会讲,'看侬啥个腔调!?',现在勿晓得怎么当褒义词来用,堂而皇之作标题:'上海腔调'。"为此,她专门写了短文《腔调》,其中写道:"腔调其实是一种品相。""腔调一词看似重外相,其实还是取决于内涵。"表明自己的观点。我是同意她的观点的,隐约觉得是当年"海派清口"惹下的祸。

认识乃珊,并非始于她的大部头作品,而是从那些边边角角、豆腐干式的小品文开始的。赞赏她视角独特,文笔优雅,加之阐述起来心平气和,大有老友重逢的亲切感,往往又能以小见大,既富哲理又让人信服。我曾对她说:"我就是你描绘的那种至今仍使用手帕的'老派男人'。"她听后笑道:"蛮好嘛,实用、卫生又环保,还有绅士味道!"她很喜欢用"味道"这个词。一次在看了电视台对我的专访后,她不无认真地对我说:"不仅是我,我身边的交关(很多)朋友都讲,你年纪越大反而越有味道了!"体味她说的"味道",自然无关乎味蕾,却关乎涵养、气质、风度、做派等,是由内而外散发的一种韵致,绝非自然生成,而是需要修为才能达到的。我自然听得懂她的含意,她是在勉励我走向成熟,做一个成熟的海派男士。乃珊为人至诚,交友交心,给我留下深刻印象。

可以说,那几年时而上海,时而外地,或茶叙或饭局,谈天说地,聊侃东西,这种不定期的文化沙龙,正是如今在上海滩名声日隆的"克勒门文化沙龙"的雏形和前身,以沙龙形式解读和弘扬海派文化,"克勒门"成立五年来已然成为申城一道绮丽的文化景观,乃珊和陈钢等发起人功不可没。

别看她生活中大大咧咧,"马大哈"的样子,对待写作,那可是一丝不苟。她善于捕捉生活中的亮点,看似不经意,其实她是个勤奋的有心人。记得一次在锦江咖啡厅下午茶,偶尔聊起20世纪50年代我读中学时,曾随同济大学的京剧票友到铜仁路口邬达克设计的那幢"绿房子",和吴同文的四女儿吴锦琪一起吊嗓的往事,不料她闻后详细询问当年一楼的陈设,什么桌椅,甚至吃什么茶点、什么饮料等细节,并用速记本记下来,我当时心存疑惑,心想《蓝屋》早已问世,莫非她是在为下一部小说或者重写《蓝屋》收集素材?

说起吴锦琪,又引出一个悲伤的话题。这位家境优渥的女大学生,从小养尊处优,由于家教森严,待人接物十分谦和、大气,红扑扑的脸上总漾着笑靥,经常邀友来家"玩票",就是这样一个人见人爱的"开心果",却早早地因胃癌客死他乡!写到此,不由怨尤起上帝,也许正是为了营造极乐世界的辉煌,才将无数人间"开心果"羽化为快乐精灵簇拥在自己身旁的吧!

## 声音并不遥远

《远去的声音》是乃珊遗作,也是近期我翻阅得最频繁的一本书。

记得2011年底,最初风闻她罹患白血病的消息,一度以为是讹传,惴惴不安中,数月间在报端屡见其新作,自以为笔耕不辍应是小恙而已,祷祝她遇难呈祥。因此,对2013年4月22日噩耗传来反而觉有些意外。

不曾想,那段日子正是她用生命在奋笔疾书。据老严讲,在化疗后相对稳定的清醒时刻,正是她用生命与死神争分夺秒鏖战的时光。她是个视写作为生命的人,只要一息尚存,绝不会放下手中的笔,手不能写,以口述代笔……居然在近一年时间内写下十八万字,这哪里是呕心沥血,简直是泣血之作!最令人动容的是字里行间丝毫察觉不出濒临死亡的悲悯、哀婉,而是一如既往地云淡风轻,谈他兄长如何淬炼成钢,一如既往地恬淡从容,笑侃葡挞的前世今生……这该是怀揣一颗何其强大的心脏,方能驾驭意识在思维的经纬线上纵横穿梭啊!?

我们经常以"娇艳""柔弱"来赞美女性的万般风情,乃珊在临终前的作为,为我们展现的却是一位生于上海、长于上海、喝浦江水长大的上海女儿的风骨!上海成就了她,她用生命和海派文学反哺、捍卫着这座伟大的母亲城!

苏轼在《晁错论》中曰:"古人成大事者,不惟有超世之才,亦有坚忍不拔之志。"古人、今人概莫能外!

行文至此,忽然想到大凡艺术大家,其思想高度乃至语境竟会惊人地相似。电影表演艺术家孙道临先生晚年曾说:"不拍戏,活着有什么意思?"与乃珊"一天不写作,等于白活!"简直同出一辙,他们都视艺术为生命,皮之不存,毛将焉附,离开艺术,生命将变得毫无价值。这种为艺术而献身的大无畏精神值得我们学习和敬仰!

乃珊远行转眼已五周年了,关爱她的朋友非但没有忘却她,通过她留下的文字,越发理解、深爱、怀念她。远去的声音,其实并不遥远,天国里的笑声,依稀可以听见。她编织的漫天红霞,随春霖洒落人间,润泽你我,在暮春的四月……

# 我眼中的夏梦

曾几何时,印象中,夏梦似香港的林青霞,林青霞似台湾的夏梦。尽管两人年龄相差二十来岁,属于两个不同年代,但她们同样玉洁冰清,俏丽可人,皆为我的偶像,崇尚的"女神"。

## 年少逐梦

夏梦出道于1950年,彼时我正是十三四岁的懵懂少年,情窦初开,她的出现翩若惊鸿,貌似天仙,很快成为我追逐的偶像。我这个当年的初中生追看她主演的电影:《娘惹》《孽海花》《绝代佳人》《新寡》……只要是夏梦主演,一片不落。时值解放之初,文化管理部门不知谁放的"高招",将少量西片、港片同列为"消极片",票价高于国产且限购,意在对观众限制、分流。不料此举反助长了影迷的积极性,经常在"消极片"售票窗口排起长龙,施行不多时即被喊停了。犹记南京路"仙乐斯广场"地摊上,不时有小贩叫卖最新出版的香港《长城画报》,比彼时内地的杂志印刷精美,图像又清晰,吸引不少过路的年轻人。我是该刊的热心读者,几乎每期必读,希图从中了解新片的拍摄动态及影人的逸闻趣事。如夏梦去片场试镜,第一天即邂逅韩非,韩见夏身材高挑调侃道:"这么高的个头,哪个男演员敢跟她配戏啊?"不料夏梦进公司主演第一部《禁婚记》,男主角就是韩非,让人忍俊不禁且记忆尤深。当时我喜爱《长城画报》除了是夏梦的小粉丝之外,另有一个隐秘的原因:二舅李次玉是"长城"基本演员,我时不时还可以从中了解他的些许近况。

通过阅读,逐渐对这位1933年出生于上海、1947年移居香港,长我五岁的大姐姐有了进一步了解:她原名杨濛,夏梦是艺名,对于出身于苏州名门望族,曾就读于上海中西女中(今市三女中)的杨门千金,拥有如此典雅气质自不足为奇了。当时我是表演艺术的狂热追求者,对表演只是盲目喜爱,不懂斯坦尼,不识蒙太奇,但对夏梦真实、自然的表演十分赞赏,尤其她在《新寡》中,思念亡夫,操起丈夫上衣拥抚再三的无声的内心表演入木三分,令人动容。该片我连看两遍,那"无表演的表演"的片段似乎为我做了示范,对我日后走上从艺道路,可谓具有启蒙作用。

## 初识夏梦

春去秋来。命运对我特别眷顾,1955年如愿考上上海戏剧学院表演系,四年后又顺利进入海燕电影制片厂开始了我的追梦之旅。二十一岁时幸运地主演了电影《51号兵站》迅速为广大观众所熟悉。影片热映后,我深知自己军人气质不足及对表演元素"第二计划"(表面一套内心一套)把握不够准确,于是在深入连队当兵后,选择了独幕话剧《破旧的别墅》与孙景路演对手戏——她演女特务,我演克格勃——借以磨砺演技。1962年的一天,上影剧团接到一个接待任务,说香港有个代表团要来厂访问并要求与剧团演员交流,强调"长城"公司是左派团体,一定要做好接待工作。那天下午,我们接待了由制片人沈天荫率领的小型代表团,成员有导演李萍倩,演员夏梦。这是我第一次近距离地接触夏梦,只见她蛾眉皓齿、人淡如菊,果然是丽质天生,与银幕上的形象并无二致,丝毫没有明星架子,十分随和。

须臾,排演开始了,来宾看得专注,演者认真。导演蒋君超还卖力地为欠奉的道具做种种补白。观后,来者并未对剧情和演技多加评判,而是海阔天空地神聊。孙景路和他们是老相识,旧友重逢自然有说不完的话,谈刘琼,谈韩非,谈老同事们的新生活,她语调生动,滔滔不绝,引得宾客开怀大笑。她也不失时机地向来宾介绍了我,作为新人,我自然插不上话,只有向宾客频频致意的份儿。沈天荫先生把我拉至一旁,询问了我的身高、体重,接拍什么新片?工资够不够花之类的私密问题,我觉得此乃港人对你表示关心的特有方式,并未介怀,他们还有意让我与夏梦站立一起目测身高……一切都很自然,一切都很随意。老实说,那天见到夏梦本尊,是我最大的惊喜,无疑是那段日子里的一段最美好的插曲。

## 险陷噩梦

风云突变。1966年之后,"文革"的大批判如火如荼,我莫名地也沦为审查对象。一次在四号棚召开的批判走资派大会上,造反派揭发负责生产的领导(似是副厂长张友良)时说:"……××款项,当时你们已决定让韩非和梁波罗直接带去香港了,是不是?"对方居然回答:"是。""这是什么行为?里通外国!"香港怎么一下子成了外国暂且不说,群情激愤的口号声中,吓得我魂飞魄散,如坐针毡。

好在,会后再没有人向我询问此事。过了相当长一段时间,估计人们已然淡忘此事时,我根据一些蛛丝马迹,将道听途说的碎片加上前次谋面时经历过的点滴记忆,按逻辑推理,大抵拼贴出事件的来龙去脉:当时"长城"除傅奇是唯一的当家小生外,小生告急,只得频频外借。他们想通过"借用"方式将韩非及我一老一少借过去拍几部片子,暂缓燃眉之急。盖因当时上海越剧院丁赛君就曾以借用方式拍竣港片《三看御妹刘金定》,已有前车之鉴,何况我可由二舅作人保,不是"挖"而是"借",对方认为此举十拿九稳。从造反派揭发的材料推断,厂方似同意放行,不知哪个环节卡了壳,此事虽然"胎死腹中",但却落下话柄,"文革"中差点沦为罪行!

至于事情真相究竟如何,当时不敢打听,十年浩劫之后,毋须也无从探究了。作为当事人无比庆幸,因我全不知情,自然未做任何呼应,不然难以想象会衍生些什么后果,想来也觉后怕。可见当年,莫说是与国外即使沪港两地人才交流也难于上青天。

春回大地,云淡风轻。多年以后忆及此事,不禁莞尔,自我调侃道:当年险些与心仪的偶像合作,仅差一步之遥。正是:代替傅奇未遂,险些酿成传奇!一字之差间,应验了一句老话:人生如戏,戏如人生!

## 又见夏梦

1985年5月,我随孙道临率领的中国电影明星代表团一行五十二人出访新加坡。这次阵仗浩大,影视演员有孙道临、程之、郑振瑶、陈述、王馥荔、顾永菲、吴海燕、张瑜、张伟欣和我,歌唱演员魏松、高曼华、李秀文、王洁实、谢莉斯和庞大的北影乐园。在狮城十天中,献演了三套节目。返程中途经香港,在"新光戏院"连演两晚,受到当地影迷的欢迎。香港的影界同仁频来探班,夏梦和傅奇尤为热忱,嘘寒问暖,及时帮我们解决舞台演出面临的具体困难。

当时的夏梦,已走过十七年拍摄近四十部影片的光辉岁月,息影后又复出监制了《投奔怒海》《似水流年》《自古英雄出少年》三部影片，该是五十开外了，除了架一副宽边玳瑁墨镜外，依旧明艳动人、仪态万方。由于当晚要准备演出，彼此匆匆小叙，陈年往事自不再提，相互合影留下了美好的瞬间。

## 浦江贺梦

流年似水。转眼来到2014年11月16日，在上海电影博物馆举办了以"还记得年少时的梦吗？"为题的夏梦从影六十五周年的庆祝活动。那天秋高气爽，丽日和风，秦怡、王文娟、许朋乐、佟瑞欣、夏菁、居文沛和我以及众多夏梦的拥趸从全国各地以及新马泰赶来，据说吴谦先生特地从美国赶来参与其盛，活动由资深媒体人曹景行主持。当天下午场子里座无虚席，而且并非中老年观众为主体，可见这位被誉为中国的"奥黛丽·赫本"的巨大影响力。活动短小精彩，先播放了一部介绍夏梦生平的短片，前辈秦怡率先发言说："我也是夏梦的影迷，认识夏梦很早，来往不多，但不陌生，因为我们是在一条线上的！"与会者轮番上台从不同角度倾诉了对夏梦的喜爱，感谢她为我们带来的美好和享受，祝她青春永驻！夏梦当天戴了一副黑框酒红色渐变镜，恬静怡然地聆听着，遂做了简短的回应。当主持人问她有何寄语赠予喜爱她的观众时，她言简意赅地说："希望大家支持我们中国电影吧！"对秦怡开头发言中所说的"在同一条线上"做了灵动的呼应。然后邀请大家移步至放映厅观看由她主演的影片《三看御妹刘金定》。

秦怡、居文沛（音乐人、演员）和我被安排与夏梦、其妹杨洁及夏梦的"御用"造型师共进晚餐。用餐前，夏梦精心地为我们签赠了由郭沫若题词的、厚重而精美的画册——《绝代佳人》。杨洁是女篮国手，人高马大，鞍前马后，俨然是夏梦的保镖，性格却与姐姐有天渊之别。夏梦笑不露齿，低声细语，她却洪钟大吕，声震屋宇。两人共同的爱好是京剧，十足的戏迷。话题自然从昨晚大家一起在天蟾舞台观看的，作为此次庆祝活动一个组成部分的改编传统旗装戏《梅玉配》聊开了，对老艺人马玉琪、温如华的唱念赞不绝口。夏梦年轻时学过青衣，故对驾驭古装戏曲片方能驾轻就熟，她还写得一手好字，笔锋遒劲，颇具雄风，是个秀外慧中的美女兼才女，不愧为香港影坛难得的"全才"！

对于过往出演的角色她不愿多谈，当我重提《新寡》时，她说："这部片子我是喜欢的，有些片子观众喜欢，我一点不喜欢——比如《王老虎抢亲》。"问她为何在事业巅峰期选择隐退？她不假思索地说："见好就收嘛！"说着自己也笑了起来。她用词惊人的简洁，例如："是""不是""喜欢""不喜欢"之类。当我告诉她，历史居然重演：今晚所在的会所餐厅前身就是上影剧团，也就是五十二年前我们第一次见面的地方！她一脸茫然歉意地说："记不得了。"当晚她出语频率最高的就是这句"记不得了"，活动统筹刘韧先生轻声告诉我："夏姐最近记性不好，约好的事常常记不住，像孩子似的，要再三叮嘱，毕竟八十有二的人了。"但对一些往事，她却记忆真切，夏梦与坐在一侧的据说从"长城"时代就跟随她的梳头、化妆的造型师比画着说我长得挺像我二舅的，说起他在加拿大时常帮着募捐去资助一些晚境悲凉的老艺人，说李次玉是个"好老头""热心肠"等等。

酒宴过半，有人匆匆赶来，称上海电视台今晚"夜线约见"栏目要请夏梦女士进行采访。她闻听直播面有难色，说自己最怕现场采访，因不善辞令，会紧张的。她当众解释道："演戏我不紧张，讲话会！"好一副真性情，听来不似托词。我则带头鼓励她，告诉她此乃一档十分钟的访谈，报道上海当日要人、要闻的节目，关注度挺高的，在场的人也都鼓励她应当上，阔别上海数十年，上海观众想看看你！她略显迟疑地应允了下来，提前退席，告别大家返回酒店准备去了。

望着她远去的背影，不胜慨然：美人迟暮，风华绝代！为什么长久以来,内地乃至东南亚观众对夏梦如此情有独钟呢?不仅因为她的颜值,她的美丽,更源于她的真诚!在纸醉金迷、光怪陆离的香港浸淫了半个多世纪的夏梦,没有迷失,没有随波逐流。自她从影之日起就恪守自律的"不剪彩、不陪饭、不拍不健康的戏"的"约法三章",潜心演戏,心无旁骛,因此在她主演的三十八部影片中不乏佳作,她身在港岛,心系祖国,依然葆有一颗善良、真挚的心,愈显难能可贵。她的表演因真诚动人,所以才能历久弥新!

当晚,在主持人夏磊的介绍下,夏梦用上海话向家乡观众致意,屏幕上的她风姿绰约,语笑嫣然,夏磊拿捏得当,恰到好处地令这位昔日"长城"大公主沉浸在游子归来、衣锦还乡的幸福之中。是夜,夏梦征服了上海。次年,第十八届上海国际电影节适时地将"终身成就奖"颁发给了这位出生于上海的女儿。

## 夏夜清梦

2016年的10月下旬,当梧桐树叶纷纷坠落的时节,夏梦走了——此女只应天上有——下凡的仙女返回琼楼玉宇的天庭去了。

据说原先她的家人并不打算立即向外界披露死讯,主要是不想惊动大家,估计这也是她本人的意愿:悄然离去,很符合她的性格。然在互联网时代,世界是个地球村,哪有不透风的墙?两天后,消息不胫而走,传遍大街小巷:"上帝的杰作"走了。

近年,太多熟识的、相知的、崇敬的前辈或同事相继仙逝,很怕写凭吊的文字,一提笔满是悲恸,由于大多有过不公际遇,往往越想越悲情,越写越伤神,一个阶段陷入情感低谷难以自拔。写这篇悼念夏梦的小文却有些许不同,惋惜、不舍是必然的,更多的回忆却是美好,她把最好的年华、最美的形象定格于光影之间,留在了人世,带走的只是匆匆离去时那个雍容华贵的背影,留给我们的是无尽的怀恋和无穷的思念。

行文至此,耳畔响起歌曲《思念》的旋律,据说这首名曲是词作家乔羽在第四届全国文代会上初识夏梦顿生灵感而作的,夏梦很喜欢。让我们用悠扬的歌声为优雅的夏梦女士送行吧!

你从哪里来,我的朋友,
好像一只蝴蝶飞进我的窗口。
为何你一去便无消息,
只把思念积压在我心头。
难道你又要匆匆离去,
又把聚会当作一次分手……

夏梦,永远是夏夜里一个美丽的梦。

# 艺坛贤伉俪

1996年新年伊始，某晚电话那头响起了同事崔杰浑厚的男中音："波罗，在家呐，请稍等……"少顷，一个更苍劲而醇厚的男低音，未语先咳——显然是老丈人乔奇："波罗，谢谢你，七年了，你还记得小孙，我很感动，特为打个电话，也代小孙谢谢你！"盖因1995年岁末，我在《新民晚报》发表了一篇纪念乔妻孙景路的文章《寄往天国的贺卡》，"乔老奇"（我们随"人艺"同仁对他的昵称）读后很受感动，执意要崔杰和徐东丁找出我的电话号码来，亲自表达谢忱以示郑重。撂下话筒，我独坐良久，他是长辈，按理说，这个电话他可以不打，但他一贯面面俱到，礼数周全，确实是个德艺双馨的老艺术家。

解放前我就看过他和言慧珠主演的电影《影迷传》，一改以往银幕小生文弱、脂粉气重的形象，英武、健硕，很受观众欢迎，故1995年与他在上海戏剧学院全国表演师资进修班相识后，一次聊天时曾无意间提起这部影片，不料他闻后面露不悦之色，"人艺"的同事悄悄告诉我，该片崇尚好莱坞，曾被批判过，怪我"哪壶不开提哪壶"。其实我还看过他不少话剧，如《日出》《中锋在黎明前死去》等，对他的演技佩服得五体投地，尤其是他具有一条国人少有的超醇厚的金嗓子，构成了他独特的声音辨识度。回想苏联戏剧专家叶·康·列普柯芙斯卡娅排演莎士比亚名剧《无事生非》钦点他演亲王，我们表演系一年级的男生充当他的侍卫。他虽是"人艺"团长可是从来不摆明星架子，对我们关怀备至，甚至连欧洲古典卫士如何穿好紧身衣裤，都予以技术性的指点。每当大幕开启，克劳狄奥一开腔，第一句台词就像定海神针一般，将全剧基调稳稳定下了。我们在一旁只有欣羡的份儿。《无事生非》连同《决裂》两台大戏在"上戏"那个简陋的实验剧场轮番公演，盛况空前。1958年还移师北京中南海汇报演出过，着实是当年上海滩的一件文化盛事。

犹记在上海演出期间，当时因购点心需凭票，每天参加演出的有几十号人，让演出处主任石炎犯了难，石老灵机一动，别出心裁地每晚发一块"光明牌"中冰砖当作夜宵，既消暑又充饥，倍受大家欢迎。我们年轻人三口两口融化掉了。唯独"乔老奇"卸去美髯，铅华未净，淡定地托着盛有冰砖的大口搪瓷杯穿过马路快步向对面枕流公寓走去……当时我曾暗自猜想：兴许是回家与爱妻分享去了！那个年代，不啻是两人世界小小的浪漫吧。前些日子读江平写乔奇的一段往事，说2001年为庆贺乔老八十大寿，曾邀六老作陪，饭后吃生日蛋糕，乔老提出要带一方给在家的外孙女乔爱，因其父母皆出外景去了，我立即闪回四十多年前他携冰砖回家的细节，进一步增加了猜测的可能性，一个心中装着他人的人，自然也会善待家人的，我想。

说来也许是天意，夫妻俩居然同月同日生，乔奇1921年3月22日生于上海，孙景路1923年3月22日生于北京，虽然仅相差两年，也够神奇的了！1941年金星影业公司拍摄由郑小秋执导的影片《红泪影》时，乔奇扮演一立，孙景路扮演爱莲，此片可视作情缘的发端，兜兜转转十年，两人在舞台上声名鹊起后，1951年同时参演桑弧导演的影片《有一家人家》，乔饰沙大星，孙演钟佳音，应是情缘的生成了，一对情侣果真演成了一家人，由此佳偶天成，铸就了影剧界的一段美满姻缘。

有关他俩的逸事，早在我们学艺阶段就不断风闻。例如20世纪40

年代初,"苦干"剧团在"卡尔登大戏院"上演由石挥主演的话剧《大马戏团》,连演四十天八十场。最后,日场石挥体力透支而昏厥,乔奇连夜救场,成为剧坛一段佳话。传说他一生中总共扮演过一百三十多个角色。

孙景路早在"中旅剧团"十六岁起就崭露头角,扮演的四凤、金子、武则天个个出彩,素有"活翠喜"的美誉,后在香港拍摄《小二黑结婚》扮演三仙姑,与她昔日表演迥然不同,令人惊艳。一生扮演过的角色也有上百个之多。

1981年,我与"乔老奇"在桑弧导演的影片《子夜》中曾有合作,他演赵伯韬,我演雷鸣,惜乎鲜有对手戏,在现场目睹他对新人如李小力、刘佳等的提携和帮助。

一天,见孙景路也随乔奇进入摄制现场,开始以为"夫唱妇随"来探班,后来才弄明白,是被桑弧特聘为该片的表演艺术指导,为那些扮演交际花、贵妇人等青年演员保驾护航,亲身示范的。由于工作疏忽,最后竟不曾将艺术指导列入演职员名单,在桑弧的连声道歉中,只见孙大姐嫣然一笑,毫无怨言。

他俩自从婚后,大家都觉得越来越有"夫妻相"了:一样的乐善好施,一样的古道热肠,好戏风,好人缘,是文艺界人人称赞的大哥、大姐。

乔老老年丧偶后,热衷于公益活动,每每看到他与孩子们在一起,佩戴着鲜艳的红领巾,辉映着满头白发,觉得特别和蔼。他最喜欢朗诵《微笑》和《人的一生》两首诗。他知道我喜欢后者,一字一句读给我听,让我记下来,征得老爷子同意,我做了一些修改,也成为我朗诵的保留篇目。每当我读到"人的一生,只有三天。唯有明天,是未来,是希望,他在呼唤,他在招手,他在挑战……"不时会出现乔老微笑而慈祥的面庞……

今天,愿以此小文化作心香一瓣,遥祝他俩瑶岛添寿——孙大姐冥寿九十五,乔老冥寿九十七——祈祷他俩在天国恩爱绵长。

写于2018年3月22日

**附：寄往天国的贺卡**

岁末，又是贺卡纷飞的季节，在回顾与展望中，总会忆及一些故人。

孙景路，是我从艺道路上一位难忘的良师益友。论辈分，我们当属两代，然而她豁达、热情，有时甚至童心未泯，使我们成为毫无代沟的朋友。

与她仅有的两次合作皆为舞台剧：1962年《破旧的别墅》中我演克格勃，她演女特务；1963年《年青的一代》中我演林育生，她演林母。《51号兵站》问世后，我深知军人气质不足，表演元素"第二计划"（即表面一套内心另一套）把握不够准确是我的两大缺憾，于是在深入连队当兵后，又选择了《破旧的别墅》来锻炼。这是一出充满"第二计划"的斗智戏，全剧仅两名演员，互作伪装，真真假假、反反复复，经过四十五分钟较量，最后以正压邪、克敌制胜。与素有《日出》中"活翠喜"美誉的她演对手戏，我自然不无忐忑，她却亲切地称我为"小朋友"，在蒋君超、葛鑫的执导下一遍遍地对词、排演，很快地就配合默契起来。偶尔去她寓所磨戏，她那年仅五岁的女儿东丁充当"准导演"，小姑娘稚气而煞有介事的点评令人忍俊不禁，此刻孙大姐就会烤馍片来招待我，犒劳女儿，至今我仍能感受到那股沁人的香甜，不仅是因为自然灾害期间物资的匮乏，更因为品味到母爱和友情的芬芳。有时她约我去泰兴路文化俱乐部，切磋之余，为我介绍文化界的一些"大朋友"，唐耿良、徐丽仙等沪上名家皆在那里结识。凡此种种，足证她对提携后生的热忱。

"文革"浩劫中期，我们在奉贤干校的饲养场重逢，其时她养猪我放羊，巧为近邻，合作在人生的舞台。乍见她我几乎认不出来：扎裤腿、系头巾，近乎她在影片《小二黑结婚》中"三仙姑"的造型，神情却十分黯然，除了喂食、扫圈外，夜以继日地织着毛线，不知她从哪里找来那么多旧毛线，也不知她织些什么？织给谁？我很纳闷。在终日与牲畜为伍的日子里，人的心灵似乎也获得了荡涤、净化，与小动物感情渐深。一天她神秘兮兮地将钱千里、贺路和我几个羊倌召集到猪圈前，说要露一手她的"科学养猪法",只见她手执树枝边拍打边用上海话向群猪吆喝:"撒尿去!撒尿去!!"少顷,三五头母猪循声带着数十头绯红滚圆的猪崽奔将出来,各择一隅果真按口令撒起尿来,更有趣的是几只顽皮小猪明明无尿可撒,居然慑于威势站立片刻,佯作撒状,左顾右盼,及至周围伙伴完事后才一齐撒腿奔回舍去。"谁说猪笨?瞧多聪明!"我们几个笑得前俯后仰——为可爱的猪,也为率真的人。问她何以地道的"京片子"却操起生硬的沪语?她粲然一笑:"嘿,这你们就不懂了,上海猪,不说上海话它不听你的!"又是一阵哄笑,笑得最欢的是我,不仅为她的养猪术,更为她的寻回自我。好在猪羊王国远离中心营房,不然又该成阶级斗争新动向了。看她虽仍不停地编织,但我琢磨着,劫后余生的她,是在将愤懑和屈辱编进心里,重又织出企盼和希冀吧……

当1989年的日历刚撕去第一页,就传来了她因肾功能衰竭不治病逝的消息,倏忽她故去已七载,未知这两千多天是如何度过的?是否编织依旧?天际的彩虹,兴许凝结了她的劳作……

▲ 乔奇、孙景路伉俪

▲ 20世纪50年代,与孙景路同演话剧《破旧的别墅》

▲ 母子俩——许多人说,从外貌到性格我更像母亲

▲ 母亲李亚男是我一生中最崇拜的人

▲ 哥俩好——电影演员和魔术师梁义

▲ 父亲梁博,对他敬畏多于亲近

▲ 2018年2月,在新加坡圣淘沙香格里拉大酒店

▲ 习舞

▲ 习画

▲ 习字

▲ 2015年10月与妻子刘君蓉结婚四十五周年——蓝宝石婚纪念

▲ 2017年岁末全家为我庆生八十大寿

▲ 2017年1月在泰国曼谷欢度春节

▲ 时年九十七岁的书法篆刻大师高式熊先生书写的"福寿"立轴,是我八十诞辰收到的最珍贵的礼物

▲ 在新加坡圣淘沙海边下榻的酒店前

▲ 轻轻的一个吻，甜沁外公心脾

▲ 在新加坡乌节街留影

▲ 一条墨绿的围巾是朱烁渊（图左）赠我的生日礼物，朱兄并以此命名为本书作"跋"

▲ 银光熠熠，禅意万千，唯此视角，得窥真颜——释迦牟尼头像。2018年6月摄于香港阳明山庄

▲ 我夫妇在新加坡渔人码头

▲ "长得太端正,难煞漫画家。"(郑辛遥)
不倦索画十余载,千呼万唤始出来

# 第四辑　漫笔

## 此情可待成追忆

那天途经淮海中路"百盛",在穿越斑马线过街的一瞬,突然勾起了一段童年时的尘封记忆。

大约在我五六岁时,一天早晨,妈妈装戴隆重,还为我换上年节穿的盛装,说要带我去个高尚去处——法租界。步入霞飞路,高大的法国梧桐将整洁的街道环抱,阳光透过树叶将光斑洒落在行人脸上,绅士淑女穿梭其间,不乏金发碧眼者,确实与我们居住的愚园路景象迥异。待我们行经日后的"哈尔滨食品商店"附近,突然发觉路边滚动着一团缠绕的绒线球,妈妈捡起环顾四周,让我询问是否前面大人遗落,我一路小跑追撵过去,一位人高马大的中年洋妇应声回眸鄙夷一瞥,俟弄清来意后摇摇头,却将绒线收进挎包,手指前方叽里呱啦讲些什么,匆匆赶路去了……我狐疑回望,妈妈从对方语音判断此乃贪小的白俄:明明不是她丢失的,却顺势占为己有,还佯装追寻失主去了。妈妈因材施教,以此实例教了我一句成语:"顺手牵羊"。我边走边纳闷,觉得这里的人虽衣着光鲜,既不友善,又不诚实,童稚的本真和良善受到愚弄和伤害,以致从此再也不肯随妈妈重访这地界。这竟成了我年少时对霞飞路的一段不良印痕。

再次踏上这条街道,已是更名为淮海中路的解放后,自然物是人非,"顺手牵羊"的记忆亦离我远去了,命运之神竟然安排我与淮海路有一段不解的情缘。1959年秋天,我从上海戏剧学院表演系毕业,分派到海燕电影制片厂任演员。当时居无定所,被安排到瑞金一路150号电影局招待所暂住,而与此毗邻的淮海中路796号的电影局更是我们频繁出入观摩、会议、切磋的场所,从那时起至80年代,电影局侧边围墙上不断更迭的巨幅电影海报,曾是淮海路上一道亮丽的历史风景。沿着白底黑字的"上海市电影局"竖版标牌向左窥探,曲径幽深,一眼望不到尽头,据传这里曾是显赫一时的私家花园。老夏是个恪尽职守、不徇私情的门卫,不出示有效证件,皇亲国戚也休想跨越雷池半步,为此经常与人争得面红耳赤。说来也着实难为了他,电影局门前时常有人莫名流连,寻寻觅觅,无非是影迷幻望从中飘出心仪的明星,演绎一出"美丽邂逅",确曾有女生为偶像日日痴守,更增添了此处几分神秘的色彩,而此等景象大都发生在中午及下班时分。60年代初,孙道临正在创作剧本《共青号车间》,常会邀约我们一起讨论,经他推荐,偶尔会去局对面的"兰村西菜社"打牙祭,我们青年人甘作掩体,簇拥着他冲出重围,呼啸着穿越马路直奔"兰村"而去,廉价的乡下浓汤让人垂涎,纯真的创作友谊令人心系,那真是一段与淮海路日夜厮守的日子。

1969年秋末,我在奉贤干校因雨天滑跤,酿成右腿下三分之一胫腓骨骨折,上了石膏后,以准女婿身份在电影局斜对面的"人民坊"——我未来岳父母的居所疗伤三四个月,翌年更在这里举办简朴的家庭婚礼。浓郁的亲情将浩劫的苦涩暂时覆盖,放眼街道,也变得亲和起来,唯独对马路对面再熟悉不过的电影局,竟萌生咫尺天涯的感觉。那时的淮海路已不复霞飞路时的倨傲,尽管在火红年代时百业凋零,但淮海路于萧瑟中仍透出一股高贵气息,随着年代的更迭而日益凸现,构成淮海路独特的人文景观,这已成为人们见证淮海路时代巨变的共识。如今,年近百岁的岳母依然颐养于"人民坊",而周边已俨然成为引领时尚的国际知名品牌街了。

后来才知道,我们在电影局内徜徉的草坪及活动的这幢新古典主义双宅,确有一段沧桑往事:双子别墅初属"茂生"等洋行买办,甬商姜炳生于1921年盖了东楼,1927年又复制了一栋同样格局的西楼遥相呼应。解放后才相继成为民航局和电影局的办公楼。近年来又悄然变身为专售高档奢侈品的商店兼会所了,但见白色门楣上镏金的中英文号牌闪烁寒光,"登喜路""江诗丹顿"旗帜猎猎飞扬,恍惚中,似瞥见老夏施施然走出,定睛一看,却是位壮年门卫正手执对讲机在讲些什么,普罗大众自然擦肩而过,鲜有驻足,尽管毗邻的名表名包在炫目的光环下旋转、跳跃,隔着光可鉴人的玻璃橱窗清晰可见,门童笔挺,门可罗雀,平民百姓自然望而却步,贵族之家门庭冷落也不为怪了。遥想昔日电影局门前的热闹景象,恍如隔世,不禁怅然:此情可待成追忆矣!于是,转身离开这个既熟悉又陌生的地方,加快了脚步,融入匆匆过客的行列……

刊载于上海三联书店2008年出版的散文集《海上兰心》

# 舐犊情深

新春将临,巍峨建筑群的璀璨灯光辉映着十里长街的串串大红灯笼,点缀着申城不夜天,在一派祥和的节日气氛中,我却怀念起那年的除夕。

20世纪60年代最后一个冬天,滴水成冰,奉贤干校大队人马返沪准备过春节去了。在审查对象中我是单身,饲养场值班自然责无旁贷,糟糕的是一头母羊偏偏临产,唯一的饲养专家轮休,我只好硬着头皮留守下来。

为了增加孕羊营养促其顺产,晚间我将它与群羊隔离,并辅以棉籽精饲。连续三天,它随放牧的羊群一起外出相安无事,我正在庆幸中,第四天上午却反常地慵懒,不思饮食,下午起更是焦躁不安来回走动,我预感它分娩在即不敢怠慢,将所有御寒棉衣穿上,诚惶诚恐地准备接生。

黄夜,寒风凛冽,气温骤降,它由焦躁进而狂暴,踩地、蹭墙,还不时地发出令人发怵的呻吟。我猛然悟起,今夜已是大年三十,除夕之夜啊,此刻该是年夜饭后,团聚的亲人也许正相拥着入梦,谁会想到东海海滨的牧场里,人畜厮守,四目相望,双方都面临着一场未曾经历过的战役呢?！我戴起观摩影剧专用的近视镜悉心观察苦苦守候,用搪瓷面盆点燃干柴借以取暖,为怕它脱水,将仅有的自己都舍不得喝的开水注入瓦缸中喂它,可它坚持不吃不喝不睡不歇,不停走动间还引颈长号,声声凄厉,撕人心肺,那是痛楚的宣泄、求救的呐喊!

随着时间的推移,我的心阵阵紧缩,迹象表明难产无疑,助产势在必行,尽管师傅告诫过我,为牲畜助产只需一剜,毋须缝合。但,毕竟要用刀啊,仍感难以下手,依然心存侥幸,喃喃地对它说:"生吧,还是自己生好,不然就要请你吃刀子了!"它抬头望着我,无奈无助。我突然发觉自己多么无能,其实我也十分无助啊,在漫漫长夜里,不止一次向上苍祈祷,保佑它平安,幻想着奇迹的出现……奇迹终于没有发生,时钟越过凌晨3时,我将手中明晃晃的手术刀用酒精反复消毒了足有十五分钟,然后对它说:"别怪我,我可要下毒手了。"——与其说是对它发出的通牒,不如说是最后坚定自己的意念——我蹲下身执刀用师傅教我的手法往其要害处一划一挑,手尚不及退出,刹那黏糊糊的羊水推着像塑料薄膜裹着的胎胞,随着一股暖流涌将出来,一头蜷曲的褐色羔羊赫然降临世上,跌落在我的面前……

我被这动人心魄的一瞬震慑,一时竟手足无措,只见母羊反身即刻亲昵地用舌头猛舔羊崽,一寸寸,一分分,无怨无悔无私无畏,专注而热烈,仿佛近二十小时的饥饿、寒冷、挣扎、痛楚都不是它刚经历过似的,不知是受这份温情的感染抑或是氤氲热气的蒸腾,我的镜片模糊了。

约莫过了二十分钟,干燥、羸弱的羊羔几经周折居然颤悠悠地支起了瘦骨伶仃的细腿,睡眼惺忪中咩咩叫着觅到了母羊的乳头,使劲地吮吸起来,奶声奶气的欢叫换来母羊一声舒缓悠长的回应。它开始喝水、进食,履行母亲的哺育义务,面对这一幅母子平安图,我长舒一口气,更为舐犊情深而陶醉。在人畜错位、黑白颠倒的年代,能体味如此圣洁的情操,不啻是一种奢侈的幸福!原以为羊羔坠地我心石亦落,不料此刻反倒心潮澎湃难以自已,泪眼婆娑起来。当迫害、屈辱袭来时不曾落泪,如今却任凭久违的泪水纷纷坠落,滋润着几近干涸的心田。

  沐着母性之光,我迎来了初一的黎明,并将人类互贺新年的第一声"恭喜"送给了这一对舐犊情深的母子。

刊于1996年2月18日《新民晚报》

## 精彩老朋友

长期生活在上海的朋友,大约都知道"精彩老朋友"是一档老年综艺节目。节目的策划、主持叶惠贤是我的老朋友,我们是华师大附中的校友,从20世纪70年代后期,他由新疆建设兵团文工团借调来上海广播艺术团与于振寰合作说相声,到1979年正式调入上海电视台当主持人,我们一直都有接触。他为人热情,头脑灵活,语言幽默睿智。进入上视之后,他去录制节目时,我经常会搭他的"顺风车",途经我居住的凤阳路接我一同去台里。我比他长九岁,所以他称我"梁兄",我唤他"贤弟",是再恰当不过的了。久而久之,"梁兄"成了文艺界朋友对我的昵称,源头应该在这里。

日月穿梭,春去冬来。他在主持事业上一帆风顺,转眼也到了隐退的年龄,他一直说坚持做到七十岁收手。2017年12月的一天,不是惯常通过助理小吴,而是他来电说:"梁兄,'精彩老朋友'657期——最后一期,想请老朋友过来捧场、叙旧!"对他的郑重邀约,我二话没说,欣然应允,录制那天早早来到现场。尽管历尽艰辛,这档节目硬是挺过了整整十三年。我打趣地对他说:"你这节目办了十三年,表演、评委、嘉宾……平均每年一次,我前后参加十三期总是有的吧?"他哑然一笑,隐约察觉他亢奋之下隐藏着一丝黯然:"都靠你们这些老朋友捧场!"说话间,剧务报告来自外地的凌峰、倪萍、凯丽等都到了,他急忙抽身接待和应酬去了。

他对节目的不舍,我是完全可以理解的。别说是他,上海电视台四楼这座略显陈旧的演播厅,我都记不清在这里录制过多少节目。每次同行或影迷看到我,都夸我精神矍铄,其实,我是将最佳精神状态展示于人前,偶有不悦、不堪,都巧于藏匿,也算是出乎礼仪的需要和对观众的尊重吧。

今天录制的速度着实不慢,由于我参与的环节在后面——为三对通过节目牵手成功的再婚夫妇证婚——所以只能耐心等待。等待中自然不会寂寞,参加录制的两名老年男模见我端坐一隅,便一左一右坐将下来,显然是要摆"龙门阵"的架势。白发老先生说,见我每次出现都穿戴得体,一定请我谈谈心得,我想了想说:"我是以'适意'为前提。上海话中'适意'两个字其实意蕴丰富,不仅是赏心悦目,还包括色泽、式样、搭配是否合适、得体。我的原则是视场合而着装。譬如今天,我担任的角色是证婚人,需要庄重、沉稳,所以我选择一套深灰色西服扎鲜红领带,正装,喜庆,以此烘托新郎黑色礼服的神圣。前一期老叶请我来唱30年代老歌《蔷薇处处开》,需在一群花枝招展的旗袍仕女中穿梭,故我选了一身白色改良中山装,既凸显了怀旧感,也在花团锦簇中突出白色的纯净、高尚……"那位戴眼镜的长者插话说:"那天你还佩戴了一枚胸针,十分炫目。""是的,那属于细节,也是男士可以展现个性风姿的方寸之地,我喜爱在左胸襟变换不同造型的胸针:动物、植物、几何图形……有时能起到画龙点睛的作用,我最惯常使用的是菠萝,可以视为我的标志,今天我就佩戴着它。"眼镜男不无调侃地说:"那你戴两只不更好?——两菠萝(梁波罗)嘛!""那我就成了胸针推销员了!"三人都笑了起来。看来白发男对西装更有兴趣,锲而不舍地追问:"你是否更偏爱穿套装?""不一定,要看场合,例如参加朗诵会,一般我会选单件西装或中山装,下穿一条西裤,基本选择同色系,例如驼色上装,搭配咖啡色长裤,如果怕出错,就选黑裤,上衣可随意'百搭',任何颜色都可以搭配而万无一失。我从不追求名牌,只要剪裁合身,穿出自我,什么品牌并不重要。""你喜欢穿双排扣还是单排扣?"眼镜男问。"目前以单排扣为主,迎合潮流嘛。改革开放之初,双排扣、喇叭裤一统天下,进入21世纪,又一股脑儿改成单排扣了,而且领圈越开越高,单排扣数量由一粒演变成四到五粒,其实并不美观,如今双排扣属于偶尔穿之。时装就是'三十年河东,三十年河西',双排、单排、宽裤脚、窄裤脚轮流循环,但时下流行'衬衣敞胸,西服裹身,长裤七分,赤足皮鞋'这种潮流实在不敢恭维,年轻人赶赶时髦,秀一下胸肌腹肌倒也罢了,有些大腹便便的'潮大叔'也盲目跟风,竞相效仿,让人哭笑不得!"白发男似乎也赞同我的观点,我索性自我爆料:"其实,我是十足的'马甲控',因为只要配以不同颜色的衬衫,就是无袖的外套,很能体现独特的气质。我的原则是:素色马甲搭花或格子衬衣,素色衬衣配花色马甲,这是不能颠倒的,不然,穿着效果大相径庭……"

谈兴正浓时,剧务来催场,到证婚环节了。我匆匆告别意犹未尽的仁兄们,整理、修饰一番准备上场。在一派喜乐声中,三对新人闪亮登场了。我将昨夜酝酿的一首小诗作为证婚词,倒也别有韵味:"老树新蕾又一春,梅开二度喜盈门。三生有幸牵您手,云游四海共此生。"台上落英缤纷,飘飘洒洒,台下掌声欢呼阵阵,我问贤弟如何?他说:"原来我以为你可以做到八十分,现在给你打一百分!"他重重地握了我的手,表示感谢和道别。

坐在返程的车里,回想起刚才与两位老者的"闲聊",其实聊而不闲,正反映出老人心中的共同诉求:美育。虽然谈的是"穿衣经",亦是属于"美育"的一部分,美育包括审美、情操、心灵教育,如何弥补"文革"造成的美育教学的断层,实在是任重道远而又迫在眉睫的事。如果能诞生一档有关美育的电视节目,提高公众对善恶、美丑的辨识力,改正一些习焉不察的陋习,从而提升生活的审美情趣,受益的将不仅是中青年人,老一辈同样需要接受这方面的滋养和熏陶,这只会使他们生活得更有情调、品味和教养,我们老朋友的日子一定会越过越精彩!

## "小鲜肉"提法可以休矣

我属网盲,行文一般不大使用网络语言,凑趣用上一二,诸如"美眉""驴友""压力山大"之类,觉得词尚达意,略带新潮或戏谑,偶尔为之。但近阶段一语席卷影视圈,无论报刊、广播、电视,高频率地出现网络一新词语"小鲜肉",听来如芒刺在背,如骨鲠在喉。

这确实不是个好词。有人说,有点色情,有点调戏。我说,还有点轻佻,至少是不雅。乍听之下,首先出现的视像是:一方砧板上,铁钩挂着"一串串"——不是挂炉烤鸭,油光锃亮,香气扑鼻,而是一串串淌着血水的鲜禽,毫无美感可言。不知造词者是如何考量的,估计是从多年前流行的"好男儿""花美男"衍生而来的吧?为此,特地百度了一下"小鲜肉",三字分别对应"年轻、帅气、肌肉",专指年龄十五至二十五岁间的新生代男偶像。难怪最近不时从荧屏上看到被冠以"小鲜肉"者得意的神情,果然兼有几分姿色。尤让人不堪的是,身边傍着某些年长的叔伯级艺人,也顺势谦卑地自嘲为"老咸肉""腊肉"……一时肉声四起,肉声载道,娱乐场顿成菜市场。为什么以盘中食物命名,当事者非但未感不悦,反而闻之粲然?泱泱中华的词汇库,居然贫乏如许,令人汗颜。

据说中国某门户网站最近居然评出今年"中国十大小鲜肉"排行

榜，真是匪夷所思，怪事一桩。俗话说"无知者无罪"，这些被贴上"小鲜肉"标签的年轻人，大多出道不久，生活阅历自不甚丰富，以为这是幸事、美事、好事，偷着乐都来不及呢。尤其是在当下"消费男色"的时代，他们本身是无罪的。人们不禁要问，媒体如此做法，究竟将这些涉世不深的从业者引向何方？年轻、帅气、肌肉，只能说你具备了优越的从艺先天条件，倘不经过努力拼搏，谁能保证你在歌手、明星或艺术家的征程上一路凯旋？榜单一出，舆论如此误导，使中榜者自以为是天之骄子，唯"小"独尊，唯"鲜肉"是瞻，似乎只要貌若潘安，便可就此踏上康庄大道，疏于勤奋，懒于精进，岂非贻误了一批可造之材！媒体此举是爱是害，不言自明了。

对于受众来说，一味哄捧"小鲜肉"，"小鲜肉"终日充斥荧屏，必然会导致审美疲劳。今日鲜肉，很快变成明日黄花，掉头忙不迭成为"新小鲜肉"的拥趸，"小鲜肉"的保质期势必越来越短。一味迎合年轻女性观众的心理需求，屈服于市场选择的短视行为，其后果必定是恶性循环。对于新人的成才，佳作的问世，对观众健康审美情趣的培养，都是有百害而无一利的。

年轻的从艺工作者，应该挺身出来，抵制这种不雅称谓，努力提高文化素养，积极锻炼业务能力，争取早日成为名副其实的文艺战士，这才是正道。

"小鲜肉"的提法，可以休矣！

# 站在"二层楼"上看风景

自从2008年2月在上海图书馆举办谈我的艺术与人生的讲座以来,迄今已整整十年了。除上海各区县外,还辐射至长江三角洲如苏州、常州、杭州等地。产生了良好的社会效应。所到各处互动环节中涉及的话题波及诸多方面,议论最集中的是:"我们都是看着您电影长大的,如今五六十年过去了,我们都成老头老太了,为什么您依然故我,连发型都没有变过?永远的'小老大'有什么养生秘笈可与大家分享?"

## 关于发型

由外貌说起,由"头"开始吧。有道是"噱头噱头",头发好比一栋建筑的门脸,是至关重要的。自从20世纪50年代我与理发师确定了三七开的发型后,除拍戏有特殊需要,确实没变过。

改革开放四十年来,男士发型经历了太多的变迁。起初是热衷于蓄长发,又烫又卷,搞得雌雄莫辨,不知何时起,多极分化,时兴短发了:寸头、平头、光头,更有彰显个性者,鬓角一剃到顶,仅存顶心三分"自留地",以发胶定型,根根竖立,呈"怒发冲冠"状,或是头顶一蓬"稻草",全体倒伏宛如倒扣的平底锅或马桶盖,还有扎小辫的、挑染的、"莫西干头"、"朋克发型"……千奇百怪,不一而足。我则静观其变,从未见异思迁,尽管如今头发稀疏,依然初衷不改,保持着标志性的发型,似乎成了我的"LOGO"。为了保持固有发型,不定期焗油,明知焗油膏含铅,却还在继续。恳请大家给我一个变化的过程,我正在选择适当的节点放弃染发,当某天我以白发示人,请你一定不要惊讶。

## 关于容貌

我投身电影工作之初,曾听说20世纪50年代发生在上影厂的一个故事,留下至深的印象。话说有位男演员,标准的国字脸,五官也算端正,唯双颊凹陷不够饱满,为了更上镜,他悄然联络了当时尚不流行的"整容专家",注射了一种特制的针剂,面颊果然奇迹般地丰腴起来,他心中好不得意。然好景不长,针剂经化合作用淤积成块,且开始在双颊内恣意游走,上下流窜,取之不出却又无可奈何……当时的整容技术可见一斑。我进厂时此公已改行当副导演了,不知与这起医疗事故是否有直接关联,因此,我对整容是抗拒的。

有道是"爱美之心,人皆有之",随着生活水平的普遍提高,国民扮美意识也与日俱增,尤其来自邻邦韩国的巨大魅惑,不单是文艺界,平民百姓也跻身其中,割个双眼皮,注射个"肉毒素瘦脸针"已属稀松平常。我始终认为,整形有风险,美容需谨慎。试想若人人整成明星相,不但子女长相易遭人质疑,百年后去到阴曹地府连自己的亲生父母都不敢确认,岂非真成了"孤魂野鬼"啦。

80年代中期,我有位中年女同事,在艺术上已有一定造诣。为了延长艺术寿命,她毅然做了"拉皮"手术,当浮肿消散,脸部确实平整、光滑了许多。近年偶见她出演的电视剧,却很为她惋惜,因为绷紧的皮肤再也松弛不下来了,"鱼尾纹"的纹不见了,喜怒哀乐毫无区别,几尾鱼也不再鲜活,成了死鱼,眼神也不复顾盼生辉了。消弭了岁月的镌刻,仿佛面对一棵没有年轮的树,毫无生气。对于演员来说,面容姣好,是上天恩赐,但与能否成为好演员并无直接关联,演技才是当艺术家的头等大事。如今流行一种说法混淆视听,且误人子弟——颜值担当——似乎颜值高就是成功的保障,是赤裸裸的宣扬"靠脸吃饭"的谬论,难怪那么多人对整容趋之若鹜,其实,这是艺术审美的倒退!

有人说我"底版"好,自然不必去冒整容的风险。拜父母所赐,在下五官布局尚属合理,零件虽已老旧,但均属原装。比较下来,皮肤还算紧致,果真有个"诀窍"可以与君分享。在"上戏"上化装课时,金锋老师传授给我们一个护肤妙法:"卸装后一定要用少碱或无碱的肥皂洗脸,万一你不能确定哪个牌子适合你,就买婴儿皂,定是含碱最少的。"从那时起,我就践行老师的方法,持之以恒,必有成效。比之现在有些人用面膜、紧致膏要有效得多。

## 关于步行

多年前,曾有人建议我要迈开腿,爬楼梯、倒行走……我闻之一笑,皆未采纳。如今有资料证明这些方法是不科学的,我等年纪已不适合剧烈运动,器械运动尤其要慎之又慎,练出八块腹肌、人鱼线有何意义?老胳膊老腿都经不起折腾了,搞不好还会适得其反。我所信奉的是最简便、可行的方法:走路。快步走、慢步走,闲庭信步,外出参加活动时能不乘车走着去,边走边看风景怡然自得……这就是我坚持锻炼的唯一方式,虽也戴着计时腕表,但不设定硬性指标,每天三五千步即可,总比蜗居不动窝强。

有幸曾与老电影人沈寂同住一个楼层，老先生终日伏案写作，难得下楼踱踱方步。一次他在走廊自我解嘲地对我说："都说'生命在于运动'，我不，我是'生命在于不动'。'千年王八万年鳖'为什么长寿？因为不动，不消耗所以长寿！"这理论伴他走过九十二岁的人生旅程，也算是长寿了。所以我想，各人根据自身情况选择适合自己的养老方式，因人而异，不必划一，这才是科学和可行的。

## 关于乐趣

有民谣曰："管住嘴，迈开腿。"管住嘴，对于我并不难，原本烟酒不沾，不搓麻不炒股，不电游不垂钓。早晨惯常两片面包，牛奶、麦片加少许蜂蜜，记得时食几枚仔姜，下午偶尔用自制的以蜂蜜腌渍的柠檬片泡水喝，而通常喝的是绿茶、胎菊、枸杞泡的茶。饮食以清淡为主，喜食鱼虾，不食辛辣、烧烤，是个十足的"汤罐"，仅此而已，对于山珍海味、冬令补品似乎也不那么热衷。有人调侃说："生活如此单调，活着有什么乐趣！？"

其实，各人各活法，没有一定之规。多年前读过丰子恺先生一篇文章，大意是说，人的生活可分作三层：一是物质生活，二是精神生活，三是灵魂生活。懒得走楼梯的住第一层，锦衣玉食，子孝孙慈就满足了，在世间占大多数。爬上二层楼的就是专心学术、文艺的人，即"知识分子""学者""艺术家"。还有一种人，对二层楼还不满足，要爬上三层楼，就是宗教徒了。我想，对于形同草芥的芸芸众生而言，大多属于爬上二层楼就心满意足者，所以对于现状，我很满足，充其量我属于那种爬上二层楼看风景的人，既有一定的物质保障，又有那么多网络文字和报刊可供阅读，身体基本还算健康，虽已年届八十，仍能外出参加公益社会活动，在家含饴弄孙，颐养天年，岁月静好，知足常乐，夫复何求？

开心,不会主动来找你,需要你用心去寻觅,难怪上海话中有一句俚语:"寻开心!"是有道理的,我拒绝爬楼梯,"格子"偶尔会"爬爬",喜欢读读、写写,读的书很杂,没有专攻,也不为研究学问,只为开拓视野,增长见闻,虽赶不上年轻人的步伐,但不致落伍,与时代脱节。读到一些金句警言至今仍会保持记下来的习惯,不时会在翻阅中加深对辞句本身的理解及对生活的感悟。静下心时会练练笔,用文字表述心情,为精神找个宣泄口,时常为了一段描摹或表达一个意念苦思冥想,促使脑细胞加强新陈代谢,对防止老年痴呆不无裨益,往往最佳方案产生于半梦半醒之间,我会和衣下床赶紧记录下来,以免清醒后佳句荡然无存……

## 关于养生

现代人流行体检,有什么疾病通过体检及时发现及早治疗,这原本是好事。但有些中老年朋友过度迷信于正常指标,为此常使自己寝食难安。其实,上了岁数的人,有个别指标不正常是再正常不过的了,千万不要和年轻人去比。我算是个死里逃生的人,1992年一场急性坏死性胰腺炎几乎置我于死地,对重获健康自然倍加珍惜。不几年,体检中血糖偏高我开始严格忌嘴,这也不吃那也不吃,两个月瘦了四斤,我意识到情绪需要调整,放松些,在控量的前提下什么都吃点,加之药物辅助,血糖果真逐日降了下来。想起昆曲大师俞振飞先生,嗜糖如命,饿了半夜起来到厨房糖泡饭吃,血糖指标一定高到极限,老人家不是一样活到九十二岁!?我们这把年纪的人,应该学会"与疾病同行",发现哪些脏器有了问题,要善待它,不要增加它的负担,让这部老旧机器继续运转,与我们共度余生。

我从不刻意养生。其实,我理解养生即养心,心态平和是最重要的,淡泊名利,生活平实,积极乐观,心中装着他人。老年人尤其要学会宽容,宽容是你自己健康的心电图,是通向自由的通行证。如果你是个爱攀比、喜计较的人,遇事火冒三丈,心电图不剧烈起伏才怪,心脏、血压都会狂跳、增高。如果你宽容些,能替别人"换位思考",促使自己迅速平静下来,岂非通过你自设的关卡通往自由天地?因此,宽容是养生不可或缺的润滑剂。作家肖复兴曾说:"宽容是精神的成熟,是心灵的丰盈,是对别人的释怀,是对自己的善待。"我以为这段话很值得我们反思。说说容易,做到其实很难,让我们共勉之。

阅读作家的作品,吟诵或背诵,有时大声读出来,也是我的必修课,在反复诵读中加深对作品的理解,气贯丹田,也有利于增加肺活量,对脑力和声带是"双管齐下"的锻炼。

大病后,我曾沉下心来,花了整整半年时间,每日花半天习字练书法,我喜爱赵孟頫的草楷。待社会活动不再频繁,我想重拾毛笔,这也是有利身心健康的一个近期规划。

上述均为一己之见,权当对讲座的拾遗补阙,兼作对部分读者的问题解答。

涂鸦数言,结束此文:

当我老了,
我仍愿做一株小草,
长在山崖,长在地角,
没有百花竞放的令人惊艳,
没有一树擎天的自我骄傲,
暑往寒来,春绿秋黄,
随季节流转,淡定逍遥,
我是一株长在山崖,长在地角的小草……

## 如厕奇遇之眼界大开

题名是效仿近年影视剧片名,冗长且不知所云。小文倒并非故弄玄虚,乃是亲身实历。

今次,老友聚会选择在广东某市,十月下旬的南国宛如盛夏。那天傍晚一行十余人游罢"詹园"直奔一著名餐厅,据说那里有著名的当地小吃及特产。每日顾客盈门,谢绝订座,通过内线才订了包间,一再声明逾时不候!待我们抵达时,在餐厅门外就被"煎堆秀"吸引,只见一小伙凭一副竹筷,在少油的铁锅中不停挪移,魔幻般地将一只只薄如羽翼,足球大小的麻球烹制出来!进得门去,端坐两侧的姑嫂们正忙着包蒸饺、裹粽子、打燕丸……现做现烹,一切公开透明,让你吃得明白,吃得放心。柜台上则罗列着杏仁饼、老婆饼等各地特产,方便食客带走。

菜肴果然精美,新鲜、清爽,尤其是招牌凉拌腐竹,细滑爽口,绝无豆腥气,经大家要求一再续盘。粤菜厨师蒸鱼对火候的掌控堪称一流,一条清蒸东星斑咸淡相宜,肉质鲜嫩,鱼汁淋饭,齿颊留香。起始的慕名而来,如今的实至名归,这些均属情理之中。意料之外的,却是在此经历的如厕"奇遇"。

走出包房,循服务生指点走向那端的盥洗室,穿越大堂间发觉此地食客不善劝酒，唯食是务，吃得欢，聊得畅，声浪却不亚于行令猜拳……来到了贴着偌大"郎"字的山墙前，我驻足猜疑：以往唯见烟斗、高跟鞋或男女侧影作为区分男女两界的标识，此处是厕所吗？环顾左右，发觉对墙赫然贴着"娘"字后，方敢于进入。进得门来，又顿生狐疑：但见壁上水帘正汨汨齐腰涌下，一具长约两米的玻璃鱼缸横亘面前，水中世界晶莹剔透，金鱼悠游其中……面对此等优雅景观，我再次怀疑自己的判断，正迟疑间，冲进一哼着小曲的帅哥，轻车熟路，上步宽带，面壁而尿……我仿而效尤，这才发现墙缸之间有一凹槽，尿液与泻下的清水汇合由专设通道冲走，其实与鱼缸隔绝，游鱼纯属供人观赏。估计这是设计者为了愉悦宾客而突发奇想的惊人之举吧，殊不知当事人站立缸上如履薄冰，体味不到人鱼共处的谐趣，俯观胯下的红锦鲤、黑乌龙们，却荣辱不惊，怡然穿梭于水草之间，懒得抬眼望君一下！

匆匆离开"郎"室，心中禁不住喊娘！原先的愉悦心境却已大打折扣。唯望此例仅是个案！我不以为这种不爽来自于地域文化差异带来的水土不服，这种离谱的过度包装，正挑战着人们的审美底线，而距真正的文化越来越远。在倡导文化大发展大繁荣的当下，但愿不要遗忘某些看似无足轻重的角落，那里同样需要文化的照耀。

# 光影传奇谱新篇

走在"光影八十年——大光明电影院盛典"的红毯上，置身于整修如昔的金色大堂，望着两侧大理石扶梯，不禁回想起我第一次踏入影院的情景。

那是20世纪40年代后期，我八九岁光景，记得那天是在"福致饭店"用餐过后，父母携我随友人一起去的。妈妈为我戴上了领结并一路悄声嘱咐我说："这是座专放西片的一流影院，入内须衣冠整洁、不得喧哗，万万不可造次。"当我们抵达时正片已经开映，由于我们的座位是花楼一排正中，一行人在外籍领位小姐幽暗的光照下，躬腰侧体，在一迭连声道歉中始得落座。银幕上贾利·古柏与英格丽·褒曼正在嶙峋山岩边争辩着——正在放映"派拉蒙"公司的《战地钟声》。我自然看不懂，摸黑进场时的紧张感过后，视觉也恢复清晰，环顾四周黑压压的观众居然鸦雀无声，如入无人之境，令我好生诧异！从此，这种宛若步入电影宫殿的神圣氛围连同"大光明"的名字便尘封于我孩提时的记忆之中。以后还去看过《圣女贞德》《剑胆琴心》，都是早早进场端坐着，等待放映前催场的钟声和随之渐暗的灯影……当时自然不会想到自己以后会从艺，更不曾想过若干年后我参演的影片会在这座远东第一影院中放映。

1949年后上海新建的影院不断涌现,"大光明"也放低身段笑迎八方宾客,一改昔日的高傲和神秘。她超大的放映厅及一流的声光设备,加之在20世纪50年代起,又先后进行了宽银幕立体声等多项技术改造,无疑依旧雄踞沪上影院之首。"文革"后的70年代中期,我迁居至离她仅一步之遥的凤阳路,借着"近水楼台"之便,与"大光明"有了更亲密的接触。当年家无空调,夏日炎炎的季节,一家三口会连续两场去"炒冷饭",看的是《叶塞尼娅》《冷酷的心》之类连台词都背得滚瓜烂熟的旧片。其实,看电影是假,"孵空调"是真,这竟成了当时单调文化生活中的一抹明丽记忆。

1979年,当我重返影坛,曾去长春电影厂主演了由彭宁编剧、赵心水导演的《瞬间》。拍竣始终未见上档,后风闻因题材敏感,只准予内部放映。近一年的创作成果被打入冷宫,心中不无郁闷。1981年的一个夜晚,当我骑车赶往《蓝色档案》拍摄地途经"大光明"时,无意间瞥见影院门楣上方大幅海报栏上有我的头像及橙色《瞬间》的片名,我驻足观望,心中庆幸此片终得以重见天日!但查阅排片表,市区仅"大光明"独家放映。原以为这会是部小众电影,加之放映场次有限,又未作宣传,未必会引起太大反响,不料影片公映时场场售罄一票难求,无奈之下我只得第一次深入"大光明"腹地,几经交涉,破格售给我三张保留票,以满足创作者观看完成片的特殊要求。这份人性的温暖,至今想来仍然感怀于心。

毋庸讳言,随着人们对文化生活的多元选择、观念更迭,加之周边娱乐影都的建立,"大光明"一度成为拥有超大放映厅硕果仅存的"最后贵族"。在20世纪90年代初,但凡影视界举办盛会——诸如前三届国际电影节——她仍是首选之地,但随着上海影城及大剧院的建成,她却与我们渐行渐远了。2009年早春,经过一年的修缮,历经八十年光影流转的"大光明"重新焕发出古典与潮流融合的青春魅力,以雍容的气度向我们款款走来,不仅保留大厅,增设五个小厅,设备与功能更趋完善和现代化,尤为难得的是不惜重金打造了"艺术长廊":将蜚声中外的名片、明星及有关电影发展史料,逐年展示于墙面上,真正做到经典影院记载世纪回忆,让观众在观影之余,兼作一次电影的时空巡礼,大大提升了影院的文化内涵。

在"大光明"八十华诞之际,衷心希望"大光明"以庆典为新征程的起点,继往开来,与时俱进,为广大观众源源不断地奉献中外佳作,继续为上海乃至全国谱写崭新的光影传奇!也许这正是我等共同见证这场辉煌庆典的"大光明之友"的共同心声。

刊于 2009 年 4 月 29 日《新民晚报》

# 跋　那条墨绿的围巾

　　他在"51号兵站"里做地下工作的时候,我还是个刚进中学的学生。比他小一辈。现在,他要我为这本散文集《艺·述》作跋,有点意外,有点受宠若惊。想要推辞,又怕失礼。恭敬不如从命。

　　跋,有登山涉水、形容旅途艰难之意。拙作就从半年前一段短暂的"艰难行程"说起。

　　那是半年之前,2017年12月28日的一个夜晚。摄制组收工已经9点20分。我驾车从浦东张江狂奔静安寺的久光百货。一般商场都是10点钟打烊。

　　奔进久光五楼,已经9点57分。两只茶几大小的低矮桌面上,平摊着四条全色围巾:紫红、淡黄、墨绿、浅灰。我直指那条"墨绿",毫不犹豫。准确地说,没有时间犹豫。营业员小姐说,这种颜色只有这一条了。一个偶然的选择,却是蕴含了审美意义上的许多必然。

　　第二天,12月29日,早上9点整,一批上海著名艺术家集合在虹桥路上,集体过江参观、体验川沙新镇的文化建设。我是这个活动的总策划与总联络。当晚的交流发言中,"潜伏"了一个为梁兄八十大寿庆生的内容。这条墨绿的围巾就作为贺礼,敬献给了他。

他没有特别激动。在我印象中,无论遇到什么事情,或喜或悲,他都是这样不温不火。也许经受过半个多世纪生死荣辱的历练,一切都云淡风轻了。

他当场拆开包装的纸盒,微微一笑,轻声说了句"谢谢",随手把围巾戴上了颈项。胸前的两行墨绿,犹如一棵长满墨绿叶子的大树垂落的两条绿枝,轻盈,飘逸。

"敬祝梁老师健康、幸福!""祝愿'小老大'永远不老!"……大家向他献上了最真挚的祝福,也是对他至今"不老",艺术创造力还是那样旺盛的赞美。这本《艺·述》应该是一个生动的见证。

梁兄在此书"后记"中说,高中毕业时收到两份录取通知。他最终选择去上戏学表演,放弃了华师大的中文专业。我为他的选择点赞。学中文或许可能成为作家,可是全中国的作家好几万,"小老大"只有一个。更何况,世界上最伟大的作家从来都不是出自高等学府。王蒙说,文学无师自通,我完全同意。

事实也证明,他没有走进中文系,不是照样从事文学创作。

《艺·述》里的二十八篇散文,是他长期笔耕的硕果。丰富的题材,深邃的立意,炽热的情怀,隽永的意蕴,既是他漫长艺术人生的记录,也是他文学创作的结晶。他的文字是朴素的,甚至朴实无华,却是那么动人。就像色彩世界里的"墨绿",没有翠绿那样鲜亮夺目,却闪烁深沉的光泽,高雅清朗。随和不平庸,沉静不喑哑。这就是梁兄作品的独特品性。

且看其中一篇《我眼中的夏梦》,我非常喜欢。梁兄通过"年少逐梦""初识夏梦""险境噩梦""又见夏梦""浦江贺梦""夏夜清梦"等六个段落,似通过一个个"蒙太奇",由浅入深,由远至近,把一个"玉洁冰清、俏丽动人"的电影艺术家描摹得栩栩如生。

应当说,夏梦的人生内容极其丰富。然而,就像袁枚在《随园诗话》中所说的:"着意画姿妙选材,也须结构匠心裁"。这篇散文的六个段落,都与"梦"相连。内容集中,剪裁精当。都说散文贵在"形散神不散",梁兄描绘夏梦半个多世纪漫长人生,时间跨度大,涉及内容多,却是不仅"神不散",而且形也不散。作品不仅有内在逻辑的连贯,更有一个个"梦"的自然连接,这是内容与形式的高度统一,来自于作者精巧的艺术构思。

构思是作家把生活素材升华为艺术作品所进行的由感受到思索、由思索到发现以至形成艺术意象的过程。构思是创作的"命脉",是创作劳动中最复杂、最艰巨的工作,也最见艺术功力。正是在这方面,梁兄令我敬佩。

20世纪50年代初,上戏聘请苏联专家讲学,传授世界杰出戏剧大师斯坦尼斯拉夫斯基表演体系。这个体系强调现实主义原则,主张演员要沉浸在角色的情感之中,讲求演员与角色合二为一,进入"无我之境"。梁兄在1955年入学以后,全面接受了苏联专家面授的体验派戏剧理论。"沉浸角色情感之中""进入无我之境",成为他艺术行为的习惯,"拷贝"到文学创作,就变成了他独有的优势。就像他对夏梦从崇拜到赞美、思念,字里行间始终情深意切。他的散文总有体验带来的情感涌动。

相比《我眼中的夏梦》,《艺·述》中《"小鲜肉"提法可以休矣》的篇幅要短得多,是一篇千字杂文。梁兄严肃地对"有点色情,有点调戏""毫无美感可言"的流行词"小鲜肉"提出质疑。这是一种思想"亮剑",剑指应当承担文化导向责任的社会媒体。

日本学者黑田鹏信曾经说过:"艺术冲动之外,又有美欲。求美的一种欲,与食欲、色欲同为人类三欲之一。"而现在中国有些艺术家与媒体朋友往往忽视人类除了"食欲、色欲"之外,还有"美欲"。我以为,"食欲"与"色欲",鸡鸭狗猫狮子老虎皆有之。人类与动物的根本区别在于"美欲"。

有一位叫杜勃罗留波夫的文艺批评家说过:"文学,一向就是社会欲望第一个表达者。""一种强大的力量在他们的灵魂里沸腾着,他们的言论燃起了兴奋的火焰,燃烧着祖国大地上的莠草。"梁兄的散文,敢于及时、率先批评社会弊端,不仅可见他文学的素养,还在自觉担当社会责任方面,显示他作为一个正义作家的敏锐与成熟。

现在,艺术家出书遍地皆是,像梁兄这样真正自己动笔创作,而且具有文学品格的书不多。真的不多。这本《艺·述》,连同他先前出版的《艺海拾贝》《艺海波澜》等三本书,是他近几年创作的积累。可喜可贺!

作为一位优秀的电影艺术家,职业造就的影像视觉,使梁兄的作品弥漫动人的画面感。文学创作需要的形象思维也因为他的职业而天然养成,以至于影响到他的语言方式、交流方式,变得很形象、很"文学"。

我很喜欢与他交流。先前在市委宣传部文艺处工作的时候,倒与他联系并不多。去上影厂审片一般与电影局、上影厂领导及导演交换意见。离开机关以后,创办了一个艺术策划公司,不少活动请他加盟,成为朋友。现在,几乎人人都有一个甚至多个"朋友圈"。其实,"圈"内并非都是朋友。唯有志同道合、趣味相投者才是朋友。

我偶尔也写点文章,有时冷不防遭遇梁兄突然评点。有一次,《新民晚报》副刊发了我一篇大特写《在政协的日子里》。他来电话指正了一个错误。2009年5月2日的《文汇报》,以一个整版的篇幅发了我的特写《钢人邱财康》。第二天,他说我有一句写得特别好:"成千上万吨钢水从他手上炼过,他把自己也炼成了钢。"兴奋之余,心生愧疚。洋洋洒洒一大版,仅有一两句被他认可。他有很高的文学鉴赏水准,更有对朋友的关注、爱护及可贵的率真与坦诚。

我也是他的忠实读者。新民晚报《夜光杯》上常有他的散文,也经常与他交流读后心得。朋友变"文友",也时常分享他带来的谐趣。试举今年以来几例来往微信:

正月十五,收到他的贺辞:"元宵快乐。"我回"快乐!"随即收到他的

"汤圆"。一曲《卖汤圆》穿过微信回响我耳边。他的歌声也是"墨绿"的,不像维塔斯那种飙高音惊心动魄,而是柔软、甜糯中有"鱼翔浅底"的律动,潜入人心。他是新中国电影界第一个录制唱片的演员。

桃花盛开的3月下旬,我约请他一起去浦东航头桃园赏花,却因临时出差取消原先的约请。微信他表示歉意。第二天一早收到他一句回信:"梦里花落知多少?"我忍俊不禁。"花落知多少",原是唐代诗人孟浩然《春晓》中的诗句。梁兄信手拈来,用在这里,感受到他对我的失约遗憾之中有几分珍惜,也令我深怀歉意之中有丝丝欣慰。在此可见他的文学视野与胸怀之大。

五一劳动节,我没有休息,在片场收到他的微信:"祝你及家人五一快乐。""我是劳动的先进分子,今天还在加班劳动。"我大言不惭地回信他。他的回信:"向劳动节坚持劳动而没有'怨声载道'的同志致敬!"我微信用名"渊声载道",他用谐音引出"怨声载道",音同词不同,略带调侃,妙不可言,足见他的文字功力。

这些年,"小老大"离开银幕之后,仍是个忙人。军营、企业、学校、社区等地,到处有他演出与开设讲座辅导的身影,同时他还在文学的田野笔耕不辍,创作激情正澎湃。拙文开头所说的夜间狂奔选购围巾,正是为表达我对他的无比敬慕。那围巾的墨绿色彩,也正是我对他艺术青春常在的美好祝愿。

今年初,马尚龙兄在江湾五角场一个餐厅,隆重设宴为梁兄祝寿。那一夜,梁兄盛装出席:外套是一件墨绿的西服,内衬一件墨绿的羊毛衫,胸前是我送他的墨绿围巾。啊,一身"墨绿"。这显然不是出自他善于服饰搭配的技能,也不是为表示对我薄礼的尊重,应该是他纵情挽留青春年华的一种心理昭示。

他起身含笑向在座的朋友致谢。那一刻,他身板挺拔、精神矍铄,犹如一棵历经沧桑愈发苍劲的树,玉树临风。

那一片墨绿,是青春厚积的喷吐;

那一片墨绿,是阅尽人间的从容;

那一片墨绿,是内敛矜持的时尚;

那一片墨绿,是覆灭枯萎的峥嵘。

啊,梁兄,这墨绿,可是你八十高龄又一个春天的生命原色?!

2018 年 6 月 14 日

# 后记

1955年，当我从邮递员手中同时接获上海戏剧学院表演系及华东师范大学中文系的两封沉甸甸的录取信函，就开启了我的纠结人生。思前想后，最终选择了表演，对文学心中满是不舍。

幼年起我就怀揣两个梦：戏剧梦和文学梦。中学时由于对京昆的痴迷，差点儿当上自学成材的戏曲人。后因诸多因素，转而投考上海戏剧学院专攻话剧，毕业后投身影视表演，并以此作为终身职业。由于文艺是相通的，演话剧、拍电影、电视剧、主持、广播、配音，甚至"跨界"的戏曲、歌唱，我皆有涉猎。宛若当初一颗单纯的戏剧活体胚胎，一旦置身于艺海之中，经年浸润、滋养，孵化成万千尾小鱼欢快灵动地跃入浩瀚的艺海：嬉浪，穿梭，遨游……戏剧梦其实已大大超越了年少时我钟情的海域。尽管我自认是勤奋的，但由于历史的原因，我们这一代电影人无论从拍摄影片的数量抑或是艺术造诣皆无法与前辈比肩，与年龄亦不成正比，这是个不争的事实。

与此同时，对于文学的挚爱，对于文学梦的追寻，我一刻也没有放松和停歇过，从艺以来大量的表演札记，不时的感悟随笔都成为我攀缘实现文学梦的阶梯。

《艺·述》正是希冀通过"光影""声音""流年""漫笔"四个侧面,以文字表达我的艺术追求和心路历程,亦可视作是我戏剧与文学双梦融合的又一次实践。

梦,是变幻莫测的。在有生之年,我仍会奋力追逐……

感谢三联书店上海公司赵炬总经理、徐旻玥编辑对此书付出的辛劳,小徐不厌其烦地与我沟通,动辄数十条微信和语音互动,是司空见惯的。我庆幸遇上了一位认真负责的好编辑。

感谢"克勒门文化沙龙"掌门人陈钢先生的热忱鼓励并为本书作"序"。

感谢漫画家郑辛遥先生为本书呈现精彩的最新画作(见插图)。

感谢资深媒体人朱烁渊先生在百忙中,冒着酷暑为本书作"跋"。

感谢黄越以独特的审美,设计了不同凡响的封面,打破了普通封面的沉闷感,丝丝波纹寓意着艺海的无边无涯,可谓匠心独运。

感谢钱禛从上千帧照片中,遴选出八十多幅,设计出错落有致、活泼灵动的插图,增强了本书的可看性。

感谢广大读者、影迷多年来对我一贯的支持和爱护。

感谢家人给予我精神上的支持,使年届八十的我能顺利完成本书的写作。

感谢戏剧!

感谢文学!

2018年5月于上海